# 우리가 이렇게 살 줄이야

### 자폐청년 민준이네 가족 이야기

김언정 지음

장애아이와 비장애 형제가 있는 조금 특별한 가족의 이야기

어떤 문제이든 지금 어둠의 긴 터널을 걷고 있는 사람들에게, 가족이 함께 더욱 행복한 삶을
살기를 원하는 모든 분들에게 이 책이 닿기를 바란다.

_본문 중에서

FESTBOOK
MEDIA

# 우리가 이렇게
# 살 줄이야

자폐청년 민준이네 가족 이야기

# 감사의 글

책이 나오기까지 꽤 시간이 걸렸는데 그동안 틈틈이 진행 상황을 물어봐주시고 기대하며 기다려주신 모든 분들께 감사드립니다.

저에게 처음 책을 쓰라고 이야기해주신 교회 공동체의 여러 지체들께 깊은 감사의 마음을 전합니다. 저희 가족의 10년에 걸친 역사를 함께 지켜봐준 이 분들께서 책을 쓸 생각이 전혀 없었던 저를 독려하고, 저희 가족의 이야기가 특별하고 감동적이라고 끊임없이 말해주셨기에 이 책이 세상에 나올 수 있었습니다.

제가 SNS에 올린 이야기들에 좋아요와 댓글로 반응해주신 인친, 페친 여러분들께도 깊이 감사드립니다. 얼굴도 모르는 저와 저희 가족을 진심으로 열렬히 응원해주신 여러분들 덕분에 용기를 낼 수 있었고, 기다려주시는 분들 생각하며 더욱 분발할 수 있었습니다.

언제나 사랑해주시고 응원해주는 시댁과 친정 식구들에게도 감사합니다. 가족들의 사랑이 때로 지칠 때 큰 힘이 되었습니다. 좋은 책을 만들기 위해 여러모로 애써주신 페스트북 출판사 여러분들께도 깊이 감사드립니다.

책의 처음 기획부터 함께해준 치영님, 꼼꼼하게 교정 교열을 봐준 은미님, 원고를 읽고 조언을 아끼지 않았던 강성환 목사님과 윤호님, 가족콘서트 하이라이트 영상을 만들어준 수진님, 표지 일러스트를 그려준 라원님, 추천사를 써주신 네 분(정유진 선생님, 이미래 선생님, 정은님, 은영님) 모두에게 진심으로 감사합니다. 흔쾌히 시간을 내주고 정성을 쏟아주신 그 마음을 잊지 않겠습니다.

책을 쓰는 내내 무한한 격려와 따뜻한 응원을 보내주었던 남편 강문희 씨와 둘째 준하에게 큰 감사를 보냅니다. 변함없는 사랑을 주었던 두 사람 덕분에 출간이 늦어지는 여러 상황 속에서도 포기하지 않고 힘을 낼 수 있었습니다.

이 책을 쓸 수 있게 해준 민준이에게 가장 감사합니다. 그리고 제가 더 나은 사람이 될 수 있도록 해준 민준이의 장애에게도 감사를 전합니다. 끝으로 모든 상황을 주관해주시고, 선한 길로 인도해주신 하나님께 깊이 감사드립니다.

2023년 4월
김언정

**"이렇게 행복하게 살 줄이야"**

**정유진(소통과지원연구소 실장, 발달장애인의 부모)**

무수히 많은 사람들 속에서 나의 정체성이 '장애인 가족'이라고 규정되는 순간 우리는 아주 작은 한 줌의 소수자로 밀려나게 됩니다. 그래서 우리는 또 다른 우리, 장애인 가족을 만나고 싶어 하고 그들의 이야기를 듣고 싶어 합니다.

늘 누군가가 그립고 목마른 우리에게 저자는 다정한 큰언니의 포스를 풍기며 가족 이야기를 풀어냅니다. 말도 딱 저렇게 할 것 같은 다정한 문체로 장애 자녀가 어렸을 때부터 많이 단단해진 지금까지 가족 구성원의 모습을 글로 정성스럽게 담았습니다.

장애가 있는 큰아들의 이야기만으로도 지면이 부족했을 테지만, 책의 처음부터 끝까지 저자가 놓치지 않으려고 했던 핵심어는 바로 '가족'입니다. 어떤 우여곡절이라도 '서로의 믿음과 사랑이 더욱 깊어지는 가족의 성장과 성숙'이라는 렌즈로 바라보고 있습니다.

장애에 대한 부정적 이미지나 어려움을 털어내려고 노력하고, 스스로를 가두고 있는 껍질을 깨고 서로를 보듬으려고 애쓰는 모든 가족들에게 이 책과 저자가 행복의 전도사가 되어 줄 것이라 믿습니다.

**이점은(18세, 16세 두 딸의 엄마)**

각기 다른 모양으로, 저마다의 인생을 살아가는 모든 사람들의 공통점은 아마 우리 모두 처음에는 예상하지 못했던 인생길을 걸어가고 있다는 것일 테지요. 예측불허한 이 인생길을 걸으며 우리는 각자에게 주어진 날마다의 기적과 감사를 잊어버리고 살기 일쑤입니다.

민준 엄마의 기록이 우리에게 특별하게 다가오는 것은 일상에서 가볍게 넘어갔던 일들이 사실 엄청난 선물이고 기적이라는 것을 일깨워 주기 때문입니다. 민준이가 천천히 성장하며 선명하게 알려주는 날마다의 행복과 작은 기적들이 곁에 있는 사람들을 겸손하게 하고 감사하게 함으로써 우리의 삶도 더 풍요롭고 기쁘게 만들어줍니다.

민준이네 가족의 성장 스토리는 장애인가족들에게 용기와 격려를 줄 뿐만 아니라, 함께 살아가는 우리 모두에게 다정하면서도 또렷한 메시지를 줍니다. 바로 나 자신이 인생길에서 만나는 또 다른 민준이들에게 '봄날의 햇살' 같은 이웃이 되어 배려와 이해가 넘치는 따뜻한 세상을 함께 만들겠다고 마음먹는 계기가 되길 기대합니다.

**이미래('말이 쑥쑥 자라나는 그림책육아' 저자, 12년 차 언어재활사)**

치료 현장에 있다 보면, 치료실 밖의 아이들 모습을 다 알 수 없기에, 실제적인 도움을 주는 데 제한이 생기는 경험을 하곤 합니다. '자폐성장애' 자녀를 양육한 20여 년의 경험이 담겨 있는 이 책을 보면 자녀를 양육하는 과정 중의 어려움, 고민과 갈등, 그리고 행복을 어깨너머로나마 볼 수 있습니다. 읽으면 읽을수록 한 문장으로 표현할 수 없는 경험, 따스함, 다정함을 느낄 수 있었습니다.

2014년 1월, 복지관의 작은 언어치료실 안에서 민준이를 처음 만났던 순간이 지금도 선명하게 기억납니다. 일상의 정해진 패턴에 안정감을 느끼고 치료사의 책상 주변을 정갈하게 정리해주었던 민준이와의 만남은, 당시 5년 차 치료사에게 때로는 긴장감을 때로는 보람을 느끼게 해주었던 시간이었습니다. 민준이의 성장이 있기까지 가정에서 얼마나 많은 고군분투의 시간이 있었을지 미혼이었던 당시에는 감히 상상조차 하지 못했습니다.

세월이 지나 어느덧 민준이는 20대의 건장한 청년이 되었고, 저는 유아기의 자녀를 양육하는 엄마가 되었습니다. 책의 앞 장을 펼칠 때는 장애아이를 양육한 어머님의 지혜가 담겨있으리라 예측했는데, 책의 마지막 장을 덮으면서는 장애아이뿐만 아니라 자녀를 양육하는 양육자 누구나에게 추천해주고 싶은 마음이 들었습니다.

더불어 임상 현장에서 대상 아동에게 보다 더 실제적인 도움을 주고자 고민하고 애쓰시는 임상의 전문가 선생님들께도 이 책이 하나의 가이드라인이 되어줄 것이라고 확신합니다.

### 김은영(13세, 9세 두 아들의 엄마)

생명을 살리는 자, 가정을 세우는 자로서의 역할을 잘 감당하고 있는 한 엄마의 이야기입니다. 자폐라는 장애를 가진 아이를 돌보며 생각하지 못했던 아름다운 변화들을 겪게 되고 그 이야기들을 책으로 묶었습니다. 반복적이고 지속적인 절망의 순간들을 하나씩 소망으로 바꾸어가며, 남편을 살리고 아이들을 살리며 아름다운 꽃을 피우고 있는 저자의 이야기는 우리들의 마음에 큰 울림을 줍니다.

포기하지 않고 사랑하는 이 엄마는 진정한 사랑이 무엇인지 지금도 배워가고 있습니다. 무엇을 해내야만 사랑하는 것이 아니라 있는 모습 그대로 받아들이고, 결코 버리지도 떠나지도 않는 그 사랑을 오늘도 온몸으로 실천하고 있는 민준 엄마를 응원합니다.

# 차 례

# 들어가며
## - 우리가 이렇게 살 줄이야


**'내 나이 오십쯤 되면 어떤 삶을 살고 있을까?'**

깊이 생각해본 적이 없었다. 오히려 장애가 있는 큰아이가 스무 살이 되면 어떤 모습일까를 훨씬 더 궁금해하며 살았다. 지난 15년은 '나'를 내려놓고 오롯이 아내와 엄마로 보낸 시간이었다. 젊은 날의 나는 불안하고 조급하고 서툴렀다. 그에 비해 지금의 나는 그 어느 때보다 단단하고 평안하며 여유롭다. 그리고 행복하다.

언제부터인지 주변에서 책을 쓰라는 권유를 받았다. 그리고 그즈음 SNS도 시작하게 되었다. 처음에는 우리 집 일상을 짧고 가볍게 올리다가 글이 점점 길어지게 되었는데, 그때부터였다. 모르는 사람들이 나를 팔로우하기 시작했고, 댓글로 보내주는 반응도 놀라웠다.

얼굴도 이름도 모르는 사람들과 소통하기 시작한 지 몇 년이 흘렀다. 온라인에서 만나는 사람들은 나보다 어린 30, 40대가 많았다. 실제의 나는 언니가 둘이나 있는 셋째 딸이지만 자연스럽게 그들에게 큰언니가 되었다.

큰언니 역할은 오프라인에서도 이어졌다. 큰아이가 9년째 다니는 특수학교의 학부모회장을 맡고 자조모임을 운영했다. 게다가 장애아이를 길러낸 선배맘으로서 경험을 나누며 후배들을 멘토링하는 강의도 시작하게 되었다. 힘든 시간을 이겨내고 이제는 여유를 누리게 된 언니의 넉넉한 위로와 격려에 힘이 난다는 동생들이 많아졌다.

이런 50대를 보낼 줄이야…… 꿈에도 상상을 못 했다.

## 걸림돌에서 디딤돌로

큰아이는 4살에 발달장애로 진단을 받았다. 아이와 의사소통하는 게 너무 힘들었고, 낯선 것과 예측되지 않은 것을 만나면 울부짖으며 길에서도 누워버리곤 해서 매일이 불안하고 어찌할 바를 몰랐다. 그러나 아이는 사춘기가 지나고 나서 감사하게도 점차 안정기에 접어들었다.

비장애 형제인 둘째 아이는 어릴 때 소아우울증 증세를 보였다. 장애가 있는 큰아이를 신경 쓰느라 둘째에게 관심과 사랑을 충분히 베풀지 못한 것이 원인이었다. 초등 때까지만 해도 아이는 형을 미워하고 부끄러워했다. 그러나 청소년기를 보내며 마음의 갈등들을 하나씩 해결해갔다.

남편은 큰아이와 함께 색소폰을 배운다. 같은 선생님께 레슨을 받고, 매일 성실하게 아이를 연습시킨다. 부자는 무대에서 함께 노래하고, 연주도 한다. 사람들은 남편이 처음부터 아이의 장애에 대해 긍정적으로 반응한 줄 알지만, 전혀 그렇지 않다.

처음에는 큰아이의 장애가 가족 모두에게 걸림돌인 줄 알았다. 그로 인해 각자가 잃어야 했고, 포기해야 했던 것들이 많았다. 하지만 십여 년이 지난 지금, 손익계산서의 결과는 확실히 플러스다. 알고 보니 가족 모두를 성장시킨 디딤돌이었다.

우리가 이렇게 살 줄이야…… 정말 몰랐다.

## 지금 어둠의 긴 터널을 걷고 있는 사람들에게

지난 몇 년 사이 SNS에 올렸던 글들을 정리하고, 새롭게 쓰기도 했다. 이 책은 장애아이와 비장애 형제가 있는 조금 특별한 가족의 이야기이다. 그러나 이 내용은 비단 장애인 가족들에게만 공감되는 것은 아닌 것 같다. 장애와 관련 없는 분들도 우리 가족의 이야기에 감동과 위로를 받았다는 이야기를 수없이 전해주었다. 어떤 문제이든 지금 어둠의 긴 터널을 걷고 있는 사람들에게, 가족이 함께 더욱 행복한 삶을 살기를 원하는 모든 분들에게 이 책이 닿았으면 좋겠다.

그럼에도 불구하고 우리 집 이야기가 누군가에게 상처가 되지 않기를 바란다. 아이도 부모도 다 다르고 너무나 독특해서 무엇이든 일률적으로 적용하기는 어렵다. 주어진 상황 속에서 조금 더 앞으로 나아가기 위해 고군분투했던 어느 가족의 성장 기록쯤으로 여겨주면 좋겠다.

### 언 마음을 녹이는 따뜻한 핫팩같이

나의 열혈독자 중 한 명은 둘째 아들이다. 고등학생 시절 아이는 SNS 계정이 없고, 핸드폰도 인터넷이 안 되는 공부폰을 사용했다. 그런데도 늘 엄마가 올리는 글의 첫 번째 독자가 되고 싶어 했고, 똑같이 그 자리를 탐내는 아빠와 매번 경쟁을 하면서 자기에게 먼저 보여달라고 졸랐다. 그러던 어느 날, 내가 쓴 글을 읽고 있던 아이가 말했다.

"엄마, 책 꼭 내세요. 사람들이 엄마 글을 읽고 나면 마음이 따뜻해질 거 같아요."

나의 글들이 딱딱하고 차갑게 언 마음을 녹이는 따뜻한 핫팩 같은 역할을 하면 좋겠다. 학교와 모임, 온라인과 오프라인에서 맡았던 큰언니 노릇이 책을 통해 더 널리 선한 영향력으로 전해지면 좋겠다. 행복과 여유를 누리는 언니의 따뜻한 시선과 말에 많은 사람들이 위로와 격려, 소망을 얻을 수 있기를 기대한다.

Part 1.

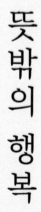

뜻밖의 행복

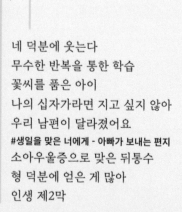

# 네 덕분에 웃는다

큰아이가 어렸을 때는 정말 몰랐다. 이 녀석 덕분에 이렇게 웃는 일이 많아질지. 장애아이를 키우며 살다 보면 항상 얼굴 찌푸리게 되고 우울한 일들이 연속될 거라고 생각했다. 그런데, 내 예상은 빗나갔다.

인생은 참 알 수가 없다. 그래서 재밌다.

### #걔는 아침부터 짜증 내고 그런다, 그지?

아빠의 출근 오토바이를 타고 등교를 하던 둘째 아이가 어느 날 아침, 엄마가 자가용으로 데려다주면 좋겠다고 했다. 가을이 깊어지니 추워서 오토바이 뒷자리가 영 불편하다는 이야기였다.

한가롭던 나의 아침이 갑자기 분주해졌다. 고등학생인 둘째를 먼저 데려다주고, 집에 와서 큰아이를 챙기기에는 시간이 빠듯했다. 특수학교는 등교 시간이 느지막하지만 지각을 면하려면 두 아이가 함께 집에서 출발해야 했는데, 촉박한 시간 안에 빨리 움직이는 게 힘든 큰아이가 얼마나 협조해줄지는 미지수였다.

시험을 앞두고 스트레스가 가득한 상태에서 늦을까 봐 조바심이 난 둘째 아이가 짜증이 역력한 말투로 빨리 가자며 재촉을 해댔다. 그 와중에 큰아이는 분위기 파악을 못 한 채 학교 갈 준비는 안 하고, 이 방 저 방 돌아다니며 물건을 정리하고 있었다.

둘째가 크게 소리쳤다.

"민준이 형! 신발 신어야지!! 내 방에는 왜 들어가고 그래!!!"

두 아들은 차에서 항상 오디오를 켜곤 했는데 그날은 둘 다 가만히 있었다. 딸 같은 아들 둘째는 조잘조잘 말이 많은 편인데 그날은 수다도 전혀 없었다. 어색한 침묵이 한참 흐른 후에 둘째의 학교에 도착했고 아이가 내렸다.

그런데 문이 닫히자마자 뒷좌석에서 앞으로 쑤욱 나오는 손이 보였다. 오디오 시작 버튼을 향해 달려오는 손. 꾹꾹 참다가 터질 뻔했다는 듯 그 타이밍이 기가 막혔다.

"민준아, 노래 듣고 싶었어?"

"네!"

"준하가 무서워서 못 틀고 있었어?"

"네!!"

"걔는 아침부터 형아한테 짜증 내고 그런다, 그지?"

"네!!!"

스스로 표현은 잘 못하지만 자신의 마음을 읽는 나의 질문에 분명하게 대답하는 큰아이. 감정을 확실하게 담아낸 그 짧은 대답에 절로 웃음이 나왔다.

## #엄마, 나 화장 안 했어요!!

우리 집 아들들은 아토피가 없고 피부가 깨끗한 편이라 엄마로서 아이들의 피부 관리에 별로 신경을 안 쓰고 살아왔다. 감각이 예민한 자폐성 장애아이답게 큰아이도 뭐든 몸에 닿는 것을 좋아하지 않아서 어렸을 때는 로션 바르는 것도 아주 싫어했다. 나 또한 피부 관리에 관심이 없었고, 화장품도 열심히 챙겨 바르지 않는 여자였다. 하지만 나이가 들어가며 피부가 예전 같지 않은 걸 느끼면서 언제부턴가 로션이나 수분 크림을 챙기게 되었다.

성인이 된 큰아이의 얼굴을 살펴보던 어느 날, 아침에 세수하고 로션 바르는 습관을 이제라도 심어줘야겠다는 생각이 들었다. 나도 처음 써보는 필링 패드로 아들 얼굴도 닦아주고, 수분 크림도 콕콕 찍어주며 바르라고 시켰다.

어느 분주한 아침. 한동안 꾸준히 했던 미용 관리를 그날은 빼먹었더니 큰아이가 이렇게 말했다.

"엄마, 오늘 화장 안 했어요! 화장해야 돼요!!"

## #듣고 보니 딱 맞는 말

남편과 드라마를 보고 있었는데 큰아이가 안방에 들어와서 우리 옆에 앉았다. 드라마의 여주인공이 펜싱 선수였는데 마침 경기하는 장면이 나왔다. 남편이 아이에게 물었다.

"민준아, 저 경기 이름이 뭐야?"

"음…… 칼싸움."

## #듣고 보니 또 맞는 말

매주 주일 저녁 가정예배를 드린다. 남편이 목사님 설교를 요약해서 들려주는데 이날따라 큰아이가 엄청 산만했다.

"이 시대는 여러 가지 정보가 쏟아지는 시대인데……"

아빠가 말을 하고 있는 중에도 아이는 계속 자신이 하고 싶은 이야기를 늘어놓았다.

"오늘 자고 내일은 일어나서 아침 먹고, 센터에 가서 운동도 하고……."

큰아이 때문에 남편은 여러 번 말을 멈췄다 다시 하기를 반복하다가, 어느 순간 아직도 말하고 있는 아이에게 기습 질문을 했다.

"민준아! 요즘 시대에 뭐가 쏟아진다고 그랬지?"

곰곰 생각을 하더니 이렇게 답했다.

"……비??"

가정예배 드리다 말고 온 가족이 빵 터졌다.


정말 네 덕분에 웃는다.

# 무수한 반복을 통한 학습

　장애가 있는 아이들의 인지 능력은 천차만별이다. 자폐성 장애는 지적 장애와 달리 사람에게 관심이 없는 등 대부분 사회성은 좋지 않지만, 인지 능력은 상대적으로 높은 경우와 그렇지 않은 경우가 공존한다. 인지에 어려움이 있는 아이들도 그 양상은 각자 다 다른데, 단기 기억이 좋고 장기 기억이 나쁜 아이가 있는가 하면 단기 기억이 나쁘고 장기 기억이 좋은 아이도 있다.

　큰아이는 후자의 경우였다. 보통의 사람들도 단기 기억은 18초 정도가 지나면 소멸이 된다고 한다. 상대가 전화번호를 불러주었을 때 잠시 잠깐은 기억하지만 계속해서 반복하지 않으면 잊게 되는 시간이 18초라는 것이다. 그런데 큰아이는 단기 기억의 지속 시간이 짧아도 너무 짧아서 3초가 채 되지 않았다.

　초등학교 입학을 앞둔 무렵이었다. 나는 아이를 앞혀놓고 덧셈을 가르쳤다.

　"민준아, 1 더하기 1은 2야. 알았지? 1 더하기 1은 뭐지?"

　"1."

　"아니야. 1 더하기 1은 2라고 했잖아. 1 더하기 1은 2야. 1 더하기 1이 뭐지?"

"1."

이후에도 '1 더하기 1은 2'라고 말해주고 답을 물어보는 것을 10번 이상 반복해도 아이의 대답은 바뀌지 않았다.

'아니, 어떻게 이게 이렇게 안 될 수가 있을까.'

아침에 말해주고 저녁에 물어보는 것도 아니고 가르쳐준 바로 그 자리에서 묻는데 왜 정답을 말하지 못하는지 도무지 이해가 가지 않았다. 아이에게 나는 결국 소리를 지르고 말았고, 나중에는 울부짖음이 되었다.

"1 더하기 1은 2라고, 2!! 왜 이걸 몰라!!! 왜 이게 안 되냐고!!!! 왜!!!!! 이 바보야!!!!!!!!!"

엉엉 우는 나를 아이가 깜짝 놀란 얼굴로 눈이 휘둥그레져서 쳐다보았다. 도대체 엄마가 왜 그렇게 서럽게 우는지 아이는 알 수 없었을 것이다. 단기 기억이 이렇게 짧으니 학습은 물 건너간 듯했고, 한동안 내 마음은 한없이 가라앉아 몹시 우울했다.

그런데 아이를 키우면서 발견한 것은 다행히 장기 기억은 좋다는 사실이었다. 단시간에 습득하는 능력은 부족하지만 여러 번 반복해서 제대로 기억하게 되면, 웬만해서는 헷갈리거나 잊어버리지 않았다. 큰아이의 교육은 인내심을 가지고 무수히 반복하며 장기 기억의 상자에 들어가게 하는 수밖에 없었다.

도대체 얼마나 반복해야 장기 기억이 되는 걸까. 이건 치료실 선생님이나 전문가가 알려줄 수 있는 것이 아니었다. 아이와 일상을 보내는 엄마인 내가 알아내야 하는 것이었다. 10번, 20번…… 50번이 아닌 것은 확실했다. 매일 숫자를 셀 수는 없어서 그냥 언젠가 되겠지 하면서 반복을 계속했다. 80번은 반복하지 않았을까 싶은데도 아이가 여전히 모를 때는 좌절감에 휩싸였다. 100번은 말했다 싶을 때는 더 깊이 절망하기도 했다.

그러나 경우에 따라서는 그 횟수가 짧은 것도 있었다. 음악 치료를 시작한 것은 아이가 6살 때였다. 수업을 받기 위해서는 지하철을 환승하고 1시간 정도를 가야 했는데, 앉을 자리가 없으면 아이는 그냥 발을 구르며 큰 소리로 울고 떼를 썼다. 사람들의 시선이 몽땅 우리에게 쏠렸다. 격한 아이의 반응을 보고 누군가 급히 자리를 양보해주면 언제 그랬냐는 듯 바로 얌전해졌다.

하지만 매번 그런 일을 경험하게 할 수는 없었다. 울면서 소리를 지르면 내가 앉을 자리가 어딘가에서 나타난다는 것이 경험적으로 반복되면, 자신이 원하는 것을 얻는 방법을 그런 식으로 배우게 될 것이 뻔했다. 기회가 될 때마다 지하철에서 자리가 없으면 서서 갈 수도 있다는 사실을 아이에게 설명했다. 지하철에는 앉아 있는 사람들도 있지만 서 있는 사람들도 있음을 손가락으로 가리키며 말해주곤 했다.

그러나 단번에 아이를 이해시키기는 어려워서 나는 궁여지

책으로 지하철이 역사에 들어올 때 얼른 자리가 있는지 살펴보고 빈 좌석이 있을 때만 타는 방법을 택했다. 어느 날, 바로 들어오는 지하철에 생각 없이 탔다가 문이 닫히고 나서야 깨달았다. 빈자리를 확인하지 않았다는 것을……. 당황하며 지하철 안을 둘러보았지만 자리는 없었다. 울부짖는 아이의 모습이 머릿속에 그려지며 심장이 쫄깃해지는 긴장감이 몰려왔다.

그런데, 놀랍게도 아이는 평안했다. 소리를 지르지도 울지도 않았다. 내 손을 잡은 채로 목적지까지 얌전히 서서 갈 수 있었다. 30번 정도 지하철 타기를 했을 무렵이었다.

# 꽃씨를 품은 아이

반복의 횟수가 상황마다 다를 수 있다는 것을 그렇게 깨달아 갔지만 좌절과 가능성 사이에서 줄다리기도 계속되었다. 아이가 어디쯤 와 있는지 확인할 방법이 없어서 항상 답답했다. 그런데도 '다른 아이들이 하는 것들을 우리 아이도 할 수 있지 않을까, 해야 하지 않을까'하는 마음으로 아이에게 시켜보다가 잘 안되면 내가 화내고, 소리 지르고, 결국 포기하게 되는 시행착오를 되풀이했다.

그러다 언제부턴가 아이에게 가르치는 모든 과제들을 '프로젝트'라고 생각하기 시작했다. 언제까지 하겠다고 목표를 세우는 것은 아이에게도 나에게도 너무 힘든 일이었기에 마감 기한은 정하지 않았다. 조심스럽게 시도해보지만 아직 아니구나 싶으면 조용히 접었다가, 이제는 혹시 될까 싶거나 해야 할 필요가 있으면 다시 시도해보는 '아이가 할 때까지, 될 때까지 계속하는' 프로젝트였다. 직장에서 했던 여러 프로섹트들과는 차원이 다른 프로젝트들이 아이와 나의 삶에 다양하게 생겨났다.

20대가 된 큰아이는 그동안 많은 프로젝트들을 수행해냈다. 그것들은 평범한 아이라면 오랜 시간 반복할 필요가 없는 것들이 대부분이다. 초등학교 때는 양말을 신고, 잠바의 지퍼를 잠그는 일도 몇 년간 가르쳐야 했다.

중학교에 가서는 혼자서 다닐 수 있게 하는 자립 훈련을 시작했는데 첫 시작은 어른과 손을 놓고 앞장서 걷는 거였다. 어렸을 때는 차도로 뛰어들까, 어딘가로 혼자 사라져버릴까 염려해서 항상 손을 잡고 다녔다. 하지만 그때부터는 손을 놓고 혼자 가게 해야 했는데 이것이 의외로 정말 쉽지 않았다. 손을 놓고 앞으로 가라고 하면 가다 말고 서고, 뒤를 돌아보고, 어른에게로 다시 돌아왔다. 앞서서 혼자 가는 연습만 몇 개월이 걸렸다.

그 이후에는 가까운 거리부터 조금 먼 거리까지 몇 년에 걸쳐 지속적으로 혼자 다니는 훈련을 시켰고, 그 과정에서 겪은 갖가지 에피소드들도 부지기수다. 상세하게 나열한다면 아이의 자립 훈련만으로도 책 한 권을 쓸 수 있을지도 모르겠다.

세심하게 단계를 나누어 지속적인 프로젝트들을 수행한 끝에 큰아이는 이제 혼자 할 수 있는 일들이 많아졌다. 15분 정도 걸리는 학교에 혼자 걸어서 등하교를 하고, 버스와 지하철을 환승하며 방과후센터를 오가는 것도 가능해졌다. 동네 슈퍼에 가서 콩나물이나 우유, 어묵과 같은 물건을 찾아서 사 올 줄 알게 되었고, 엄마가 식탁에 차려놓은 밥을 혼자 먹고 반찬과 밥그릇을 정리할 수도 있게 되었다.

장애아이를 두지 않은 사람이라면 책에 쓸 만큼 대단한 걸로 느껴지지 않을지도 모르겠다. 그러나 10년 전, 아니 5년 전만 해도 나는 이 아이가 이런 일들을 할 수 있으리라고 절대 생각하지 못했다.

도무지 앞이 보이지 않던 시절이 있었다. 그런데 지금은 마음먹고 프로젝트로 수행하지 않은 것들을 갑자기 해내기도 해서 깜짝 놀라기도 한다. 신비한 약을 먹은 듯, 끊어졌던 회로가 연결된 듯 아이가 일상에서 하나씩 꽃을 피우는 걸 본다. 이 꽃은 어디서 뚝 떨어진 게 아니라, 아이가 품고 있던 꽃씨가 이제야 꿈틀꿈틀 싹을 틔우고 밖으로 나오는 것 같다.

아이가 어릴 때는 나도 몰랐다. 이렇게 멋진 꽃씨가 그 속에 숨어 있는지, 이렇게 아름다운 꽃을 피울 수 있는 아이인지. 부모의 역할은 결국 눈에는 보이지 않는 꽃씨를 누구나 가지고 있다는 믿음의 눈으로 아이를 바라봐주고, 그 꽃씨가 싹을 틔우고, 꽃을 피울 수 있도록 열심히 물을 주고 비료를 주는 것이 아닐까 싶다.

모든 아이들이 꽃씨를 품고 있다는 것을 이제야 깨닫는다.

## 나의 십자가라면 지고 싶지 않아

　남편과 나는 친구 소개로 만났다. 3년 반을 연애한 후 결혼했고, 이듬해 큰아이를 임신했다. 일을 포기할 생각이 없었던 나는 안정적으로 아이를 맡길 곳을 출산 전부터 열심히 찾았다. 친정이나 시댁 부모님께 부탁드리기도 했고 베이비 시터를 구해 맡겨보기도 했지만 어느 것 하나 만만치 않았다.

　오랜 고민과 긴 시간의 검색, 다양한 수소문 끝에 공동육아 어린이집을 알게 되었다. 아이를 함께 키울 공동체가 생긴다는 것도 좋았고, 비용도 합리적인 편이라 마음에 들었다. 결국 정원이 남아있는 곳을 찾아 이사까지 감행하며 14개월부터 어린이집에 아이를 맡겼다.

　큰아이가 3살 때까지는 전일제로 일과 육아를 병행하며 정신없이 분주한 삶을 살았다. 그 시절 남편과 나는 아이의 하원 담당과 가사 분담, 양가 부모님을 챙기는 일 등으로 예민했다. 그러나 연애 때부터 싸우는 일이 거의 없던 우리는 겉으로는 아주 사이좋은 부부였고, 그런 면에서 다른 사람들의 부러움을 받았다.

　협동조합으로 운영되는 어린이집에서 사람들이 가장 많이 모이는 때 중 하나는 총회날이었다. 제일 큰 방에 옆 사람과 어깨가 닿을 만큼 옹기종기 가까이 붙어도 모두 앉기가 힘들었다. 그래서 만약 아내가 남편 무릎에 앉아야 한다면 어떤 부부가 가능할까 하는 농담이 오가기도 했는데, 몇 안 되는 커플 중 하나로 남편과 내가 뽑힐 정도였다.

하지만 당시 우리는 서로에 대한 친밀감이 거의 없었다. 차라리 싸워야 문제가 해결되는데 남편은 갈등을 언제나 회피로 해결했고, 그에 반해 할 말 다하는 성격인 나는 남편을 답답하게만 생각했지 그 안에 여러 가지 불만들이 쌓여가는 것은 까맣게 몰랐다.

그러던 중 큰아이가 40개월 무렵, 어린이집 선생님으로부터 병원에 가서 검사를 받아보라는 이야기를 들었다. 검사를 받으러 가면서도 '아니겠지' 하는 생각을 했을 정도로 우리는 아이에게 장애가 있다는 의심을 전혀 하지 않았다.

장애 진단을 받고 죄책감에 시달리며 원인을 찾느라 힘들었던 몇 개월을 보내고, 그래도 나는 상황을 받아들이며 아이의 치료를 시작했다. 하던 일을 완전히 놓지는 못했지만 프리랜서로 일하면서 동시에 아이를 치료하고 교육하기 위한 여러 가지 노력들을 병행했다.

그러나 남편은 아이에게 장애가 있다는 사실을 수년 동안 받아들이지 못했다. 큰아이가 떼를 쓰며 울거나 어려운 행동을 보일 때마다 필요 이상으로 화를 내고 아이를 심하게 혼냈다.

'법 없이도 살 사람'이라는 말을 들을 정도로 온화한 외모와

성품을 가진 남편에게서 거친 언행이 나오는 걸 보며 나는 몹시 충격을 받았다. 그동안 같이 살며 내가 안다고 생각했던, 내가 좋아했던 그 사람이 맞나 의심이 갈 정도였다.

반면 또래보다 발달이 빨랐던 둘째 아이는 남편이 아주 예뻐했다. 두드러진 편애의 현장을 지켜볼 때마다 나는 마음이 송곳으로 찔린 듯 아팠다. 아빠의 사랑을 받지 못하는 큰아이에게 깊이 감정이입이 되었고, 큰아이만 데리고 이혼하고 싶은 마음이 들었다.

우리 부부의 갈등은 아이가 7살 되던 무렵 최고조에 달했다. '최선을 다해 치료실을 다니고 열심히 양육하다보면 차츰 좋아질 거야' 하는 막연하지만 긍정적인 생각으로 몇 년을 보냈는데, 막상 지나고 보니 결과는 예상과 달랐다. 아이는 크게 발전된 것이 없었고, 조금씩 좋아진 부분들이 있었지만 근본적으로는 달라진 것이 많지 않았다. 그제야 나는 하던 일을 모두 내려놓고 큰아이의 치료에 집중해보겠다는 마음을 먹게 되었다.

어렵게 마음을 다지고 그 결심을 전하는 나에게 남편은 이렇게 말했다.

"그냥 우리끼리 잘 살자. 치료비 더 쓴다고 민준이가 좋아질 거 같아? 경제적으로 효율성을 생각해 봐."

당시에 남편이 다니던 기업에서는 투자 대비 생산성을 극대화하는 방법 등이 핵심 내용인 교육을 활발하게 진행하고 있었다. 직원들 중에서도 우수 사원을 뽑아 전략적으로 제공되던 그 교육에 남편은 성실하게 참여하는 중이었다. 하지만 거기에서 배운 경제적인 논리를 아이의 교육과 장래에까지 그대로 적용하다니, 나는 참으로 어이가 없었다.

"아니, 그럼 당신이 교통사고로 두 다리를 잃었는데 내가 효율성을 생각하면서 치료나 재활 비용을 고민하면 좋겠어요?"

따져 묻는 나의 질문에 남편은 대답하지 않았다.

곧이어 우리 사이에 흐르던 침묵을 깨고 남편의 입에서 나온 말은 아주 충격적이었다.

"민준이가 나의 십자가라면…… 지고 싶지 않아."

함께 힘을 합쳐 잘 이겨낼 방법을 찾아보자고 해도 모자랄 판인데 자신은 책임을 지고 싶지 않다니……. 내 마음은 천 갈래, 만 갈래로 찢어졌다. 더 이상 할 말을 찾지 못하고 그대로 입을 다물었다.

친정어머니는 남편한테 아무리 마음이 상해도 각방은 쓰는 게 아니라고 하셨고 그 당부 말씀을 늘 지켰던 나였다. 하지만 그날은 도저히 한 이불을 덮고 남편 옆에 누울 수가 없었다. 베개를 갖고 작은 방에 혼자 들어왔다.

그런데, 얼마 안 있어 따라 들어온 남편이 갑자기 나를 붙들고 울기 시작하는 게 아닌가. 엉엉 우는 남편을 말없이 보고 있자니 내 눈에서도 눈물이 쏟아지기 시작했다. 차츰 원망이 사라지고 남편의 마음이 읽히기 시작했다.

'자신의 열등감이 아이를 통해 드러나니 이 사람도 얼마나 힘들까, 아이를 사랑하고 싶지만 안 되니 얼마나 속상할까…….'

조용히 남편의 어깨를 끌어안고 등을 토닥여주었다.

그날 밤, 우리 부부는 서로를 위로하며 한참을 함께 울었다.

## 우리 남편이 달라졌어요

남편이 마흔이 되던 해, 변화가 찾아왔다. 큰아이가 십자가라면 지고 싶지 않다고 했던 날로부터 1년 정도 지난 때였다. 갓새해를 맞은 어느 날, 이야기를 나누다 말고 갑자기 눈물을 뚝뚝 흘렸다.

"내가 민준이한테 지은 죄가 많아."

아이의 장애 판정 이후 교회에 다시 나가기 시작한 지 3년쯤 되던 무렵이었다. 남편의 마음을 예수님께서 어떻게 만져주셨는지 정확하게 알 수는 없었지만, 그날을 기점으로 남편은 조금씩 달라져갔다. 20년 동안 피웠던 담배를 끊었고, 큰아이의 장애를 받아들이며 두 아이를 똑같이 사랑하려고 애썼다.

그로부터 5년 뒤에 교회를 옮기게 되었다. 가정 안에서 남성의 역할이 얼마나 중요한지, 가장으로서 어떻게 해야 하는지를 구체적으로 배울 수 있었다. 남편은 교회의 가르침을 잘 받아들였고, 직장과 일에 매몰되지 않고 가정과 균형을 이루려고 노력했다. 나에게는 남편의 변화가 더디게 느껴질 때도 있었고, 여전히 남편이 수용하지 못하는 어떤 영역 때문에 다툼이 있기도 했지만 십여 년이 지난 지금 돌아보면 남편의 변화는 정말 놀랍다.

수많은 변화들 중에서 특히 한 가지를 소개하자면, 큰아이를 드러내는 일에 망설임이 없어졌다. 엄마에 비해 아빠들은 장애아이가 있음을 외부에 드러내는 데 훨씬 시간이 많이 걸린다. 친구들에게 혹은 직장 동료에게 아이의 장애를 아무렇지 않게 밝히는 일은 굉장히 용기가 필요한 일이라, 아이가 다 자라 성인이 될 때까지도 주변 사람들에게 숨기는 아빠들도 여럿 보았다. 남편 역시 아이에게 장애가 있음을 부끄러워했고 말을 해야 하는 상황이 되어도 아주 어렵게 말을 꺼내곤 했다.

그런데 이제는 처음 보는 사람에게도 당당하게 "우리 집 큰아들이에요."라고 소개하는 남편을 본다. 더군다나 낯선 사람들 앞에서 장애가 있는 큰아이와 함께 노래를 부르고 연주를 한다는 것은 상상도 못 할 일이었는데 지금은 자연스러워졌으니 이 또한 감탄스럽다.

아이의 장애가 없었다면 우리 부부는 어땠을까. 어쩌면 속 알맹이는 없이 겉으로만 행복해 보이는 부부로 쭉 지냈을지도 모르겠다. 그리고 사람들에게 자랑할 만한 성공이나 성취에 마음을 뺏겨 소소한 기쁨들을 알지 못한 채 살았을 것도 같다. 아이의 장애라는 고난 앞에서 서로의 밑바닥을 다 보게 된 것은, 알고 보니 축복이었다. 함께 울고, 작은 것에 기뻐하며 우리 부부의 친밀함은 말할 수 없이 깊어졌다.

인생의 예상치 못한 아픔 속에서 얻은 뜻밖의 행복이다.

# #생일을 맞은 너에게

민준아!
너의 8번째 생일을 축하해.
하나님께서 '복덩이' 민준이를 우리 가정에 주셔서
아빠는 정말 감사하단다.
더욱 지혜롭고 씩씩한 아이로 자라길 기도할게!
사랑한다.

2008년 2월 27일
민준이의 든든한 후원자 아빠

민준!
너의 16번째 생일을 축하한다.
이제는 아빠보다 키도 크고 몸도 더 무겁게 성장한 것이 참 대견하구나.
너와 함께 지내온 지난 16년 동안 많은 어려움이 있었지만,
그런 고통과 아픔이 기쁨이 되고 행복이 되고 감사를 드릴 수 있어 기쁘단다.
날이 갈수록 아빠는 민준이를 사랑하는 마음이 커져가고 있고,
민준이의 앞날에 대해 생각하는 것이
이젠 힘들거나 부끄럽지 않게 된 것도 주님의 은혜임을 알게 되었다.
더욱 건강하고 지혜로운 청년으로 자라나길 매일 주님께 기도할게.

2017. 2. 27. 아빠가.

사랑하는 나의 아들 민준!
너의 19번째 생일을 진심으로 축하해.
어느덧 의젓한 성인이 되었구나.
너를 낳고 아빠와 엄마는 얼마나 기뻐했는지 모른단다.
꼬물거리며 기어가며 환하게 웃던 아기 때의 모습이 엊그제 같은데
벌써 성인이 되었다니, 너를 지금까지 건강하게 성장하도록 이끌어주신
주님의 은혜에 다시 감사가 밀려온다.
너로 인해 아빠와 엄마가 주님을 만나게 되고,
우리 가족이 화목하며 서로 사랑하게 된 것도
주님께서 너를 우리 가정에 보내셨기 때문임을 기억하고 있다.
앞으로 민준이를 통해 하나님이 어떻게 일하실지 기대가 크고, 그것이 설레게 한다.
날마다 더 지혜롭고 건강하게 자라도록 늘 기도하마!

2020. 2. 27. 아빠 강문희.


민준!
너의 스무 번째 생일을 축하해.
벌써 스무살 성인이 되다니, 너를 이때까지 건강하게, 멋지게 자라게 하시고,
우리 가정이 너로 인해 하나님께 돌아오게 되고,
가정에 행복과 화목과 사랑을 키워가게 하신 것이 무척 감사하구나.
또 요즘 네가 우리 가정에 주는 소소한 기쁨들이 많아진 것이 참 감사하다.
우리 가정의 귀한 보배, 하나님의 선물인 민준아!
앞으로도 더욱 건강하고 지혜로운 민준이가 되도록 주님께 기도하며 나아가자.
민준이에게 주신 달란트가 아주 풍성한 열매를 맺으며
하나님께서 일하셨음을 증거하고
주님을 기쁘게 찬양하는 민준이가 되기를 기도할게!

2021년 2월 27일. 아빠가.
민준, 사랑해♡

## 소아우울증으로 맞은 뒤통수

큰아이는 유치원에 다닐 무렵 때가 무척 심했다. 한번은 6살 큰아이의 손을 잡고 3살인 둘째는 유모차에 태우고 슈퍼에 갔다가 수박을 샀다. 혼자 들고 올 수가 없어서 배달을 부탁했는데 슈퍼에서 나오는 길에 큰아이가 발을 동동 구르며 울었다. 수박을 집에 들고 가는 줄 알았는데 두고 오니 이해가 안 되었던 거였다. 배달하는 아저씨가 조금 있다가 우리 집에 가지고 올 거라고 아무리 설명을 해도 소용이 없었다. 슈퍼 앞에서 한참 실랑이를 하다가 계속 있을 수가 없어 천천히 집 쪽으로 걸어가기 시작했다. 유모차를 밀며 앞서가는 엄마를 아이가 울면서 따라오다가 어느 지점에선가 갑자기 바닥에 주저앉으며 걸음을 멈춰버렸다.

집까지 300미터는 더 남았는데 바닥에 앉아 울기만 하는 큰아이와 유모차에 탄 둘째 아이를 동시에 혼자서 감당할 수가 없었다. 지금 생각하면 지나는 사람에게 유모차를 밀어달라고 부탁이라도 했으면 어땠을까 싶지만, 주택가 골목이라 다니는 사람이 적기도 했고 그때 당시에는 이런 부탁을 할 만큼 내 얼굴이 두껍지도 못했다.

결국 유모차에 탄 둘째 아이는 잠시 내버려둔 채로 큰아이를 번쩍 안고 뛰어서 집에 데려다놓고, 다시 뛰어서 유모차가 있는 곳으로 갔다. 그 시간이 5분 정도 되었을까. 그동안 둘째 아이는 영문을 알지 못하고 갑자기 눈 앞에서 사라진 엄마를 찾으며 하얗게 질려서 울고 있었다.

큰아이는 집에서도 심하게 고집을 부리며 발작을 하듯이 우는 일이 종종 있었다. 한 번 울기 시작하면 30분이 짧은 편이었고 1시간까지 이어지는 경우도 있었는데, 이럴 때 나는 둘째를 돌볼 여유가 전혀 없었다. 우는 아이와 한바탕 씨름을 하다 상황이 정리되고 주변을 둘러보면 방구석에 쪼그리고 앉아있는 둘째를 발견하곤 했다.

엄마 아빠가 싸우는 장면을 목격하는 아이들의 충격이 크다고 하는데 발악을 하며 우는 큰아이의 모습을 긴 시간 지켜보았던 둘째 아이가 받은 공포도 그 정도의 크기가 아니었을까 모르겠다. 아이는 수박 사건이 있었던 그날과 마찬가지로 얼굴이 하얗게 질린 채 소리도 못 내고 울고 있었다. 지금 생각만 해도 눈시울이 뜨거워지는, 내 인생에서 가장 가슴 아픈 장면이자 쓰라린 기억이다.

"준하야, 미안해. 엄마가 네 생각을 못 했어. 다음부터 안 그럴게."

그때마다 나는 얼른 달려가서 아이를 안아주며 말했다. 하지만 큰아이의 이해력은 금방 좋아지지 않았고, 발악을 하며 우는 일도 한동안은 계속되었기에 작은아이에게 한 이 약속은 지킬 수가 없었다. 큰아이가 긴 시간을 울고, 내가 둘째를 신경 못 쓰다 뒤늦게 발견하고 사과하는 일이 이후로도 여러 번 반복되었다.

그런데, 언제부턴가 둘째 아이는 엉뚱한 소리를 하기 시작했다. "준하야, 미안해. 엄마가 다음부터는 너를 잘 챙길게."하고 사과했는데 "엄마, 오늘은 하늘이 참 파랗네."하고 대꾸하는 게 아닌가. '미안하다, 다음부터 안 그런다'는 엄마의 말을 아이가 믿지 않는다는 뜻임이 깨달아졌을 때 온몸을 스쳤던 그 서늘한 기운은 지금도 잊혀지지 않는다.

둘째가 5살이던 가을 어느 날, 아침에 일어나 방에서 나오는 모습이 평소와 달랐다. 엄마를 찾으며 달려와 안기지 않았고, 굳은 얼굴로 거실 한가운데에 털썩 주저앉았다. 주방에 있던 나는 좀 이상하다 싶어 고개를 갸웃하며 말을 건넸다.

"준하야, 잘 잤어?"

아이는 고개를 떨군 채 미동 하나 없이 짜증스럽게 말했다.

"엄마, 말 시키지 마세요."

순간 나는 그 자리에 굳어버렸다. 병원에 가지 않아도 이 모습이 소아우울증 증세라는 사실을 알아차릴 수 있었다.

하룻밤 사이에 아이는 180도 달라졌다. 갑자기 말을 더듬기 시작했고, 호기심 많던 모습은 사라지고 무언가를 시도하는 일에 겁을 냈다. 뭐든지 해보겠다고 나섰던 아이가 어떤 일이든 해보라고 권하면 머리를 절레절레 흔들며 이렇게 말했다.

"나는 이걸 못할 거 같아."

둘째는 아주 밝은 아이였고 누가 봐도 또래보다 발달이 빨랐다. 그러나 우울증이 찾아오자 밝음과 똘똘함은 순식간에 빛을 잃었다. 아이의 발달에 마음의 평안이 얼마나 크게 작용하는지를 나는 그때 뼈저리게 깨달았다. 큰아이의 장애를 처음 알게 되었을 때보다 훨씬 더 절망스러웠다. 어린 나이에 남들은 경험하지 않는 일들을 겪으며 속으로 병이 들어버린 아이를 생각하면 길을 가다가도 그냥 눈물이 주르륵 흘렀다.

장애아이를 둔 부모는 비장애 형제는 그냥 둬도 알아서 잘 크려니 하는 생각을 가지는 경우가 많다. 치료실 다니랴 살림하랴 남들이 안 하는 이런저런 고민을 하느라 장애아이 엄마는 비장애 형제까지 살뜰히 챙길 여유가 없다. 그러나 그냥 둬도 알아서 잘 크는 아이는 없다. 장애아이와 비장애 형제는 신경 써야 할 영역이 조금 다를 뿐 부모의 관심과 애정, 시간과 에너지가 필요하다는 점에서는 너무나 똑같다.

장애인 가족이 아니더라도 자녀가 많거나 한 아이가 특별히 잘하는 영역이 있어서 부모가 그를 밀어주는 경우에도 비장애 형제와 비슷한 소외감을 느끼는 아이들이 있는 것을 보았다.

이런 경우에도 마찬가지다. 각각의 아이들에게 필요한 애정과
관심은 따로 있다.

어찌 보면 당연한 이 진리를 나도 왜 그때는 몰랐을까. 아이
의 우울증으로 뒤통수를 크게 얻어맞은 후에야 큰아이에게만
과도하게 쏟아부었던 나의 마음과 에너지를 둘째에게도 나누
기 시작했다. 더불어 어떻게 하면 너무나 다른 이 아이들을 각
각 밝고 건강하게 키울 수 있을지 고민하며 기도했다.

## 형 덕분에 얻은 게 많아

둘째 아이가 7살 때였다. 교회에서 나누어준 공과 책에 '자신이 미워하는 사람을 적어보세요'라는 질문이 있었다. 둘째는 형을 좋아하지 않았다. 놀이도 안 되고, 대화도 안 되는데 유치원에서 만들어 가지고 온 자기 작품들을 맘대로 망가뜨리기까지 하는 형을 좋아하기란 힘들었을 것 같다. 둘째가 미워하는 사람의 1순위는 당연히 형이었다. 그런데 답란에는 엉뚱한 사람의 이름이 적혀 있었다.

"준하야, 이 사람들이 정말 네가 미워하는 사람 맞아?"

"……"

"진짜는 민준이 형 아냐?"

아이는 고개를 숙인 채로 침묵했다가 한참 만에 끄덕였다.

"준하야, 언제 형아가 제일 미워?"

"밥 먹을 때……. 자꾸 웃어서 밥을 먹을 수가 없잖아!!"

울먹이며 아이가 한 대답이었다. 그때는 큰아이가 모든 감정을 웃음으로 표현했다. 슬퍼도, 속상해도, 당황해도 무조건 웃었다. 상황에 맞지 않게 까르르 웃는 일이 많았던 그 시절, 밥상에서 큰아이의 웃음이 한 번 터지면 나머지 가족들은 밥을 먹기가 어려웠다.

"준하야, 네 마음 다 알아. 엄마도 때로는 민준이 형 때문에 진짜 많이 힘들어. 엄마도 이렇게 힘든데 너는 더 힘들 거야."

마음을 만져주자 아이가 눈물을 뚝뚝 흘리기 시작했다.

"그래서 어떻게 했으면 좋겠어? 형아를 다른 곳에 보낼까? 우리 말고 다른 사람들하고 같이 살라고 어딘가로 멀리 보내버릴까?"

"……"

"근데 준하야, 민준이 형을 어딘가로 보낼 수는 없어. 우리는 가족이잖아. 가족은 떨어져 살지 않고 함께 사는 거야. 엄마도 지금은 정확하게 알 수는 없지만 하나님께서 엄마에게 민준이 같은 아들을 주시고, 너에게 장애가 있는 형을 주신 이유가 분명히 있을 거 같아. 그게 뭔지 우리 같이 찾아보자."

7살 아이에게는 참 무거운 이야기였지만, 나는 솔직하게 마음을 나누고 진심을 담아 이야기했다. 그리고 형을 위해 기도해달라고 부탁했는데 아이는 단칼에 '싫다'고 거절했다. 많이 당황스러웠다. 그만큼 작은아이 마음의 상처가 깊다는 걸 확인한 순간이었다.

그랬던 둘째가 초등학교 3학년이 되었다. 어느 날이었다.

"엄마, 하나님께서 장애가 있는 형을 왜 주셨는지 이제 알 거 같아요."

나는 깜짝 놀라서 눈을 동그랗게 뜨고 물었다.

"그래? 그게 뭔데?"

"다른 장애인들을 위해 기도하라고 하시는 것 같아요."

형을 위해 기도해달라는 부탁은 싫다며 한마디로 거부했지만 '하나님께서 우리에게 민준이를 보내신 이유를 찾아보자'고 했던 엄마의 말을 아이는 잊지 않고 있었다.

그럼에도 둘째 아이의 어려움이 한꺼번에 사라진 것은 아니었다. 태권도장과 미술학원에서 형 때문에 사람들의 시선을 받는 것을 힘들어했다. 집 근처 장애인복지관에서는 장애인과 비장애인 대상의 프로그램을 함께 운영했는데 큰아이와 작은아이의 수영 레슨 시간이 같았다. 수영 프로그램을 다니며 사귀게 된 친구들에게 같은 시간 옆 레인의 장애인이 나의 친형이라고 언제 어떻게 밝혀야 할지를 고민하기도 했다.

그러나 어디를 가든 장애가 있는 아들을 소개하는 일에 거리낌이 없어진 엄마와 아빠의 모습을 옆에서 지켜보면서, 또 기회가 될 때마다 둘째 아이의 마음을 읽어주고 공감해주려고 우리 부부가 노력했던 시간들이 쌓이면서, 형에 대한 마음과 태도가 조금씩 달라져갔다.

중학교까지 홈스쿨링을 했던 둘째는 고등학교는 일반 학교에 진학했다. 친구들에게 장애가 있는 형을 어떻게 소개해야 할지는 오랜만에 학교에 간 아이에게 또 하나의 고민거리였다. 2학년 가을, 반에 특수교육 대상자인 친구가 전학을 오면서 자연스럽게 그 기회는 찾아왔다. 친구들이 모여 새로 전학 온 친구에 관한 이야기를 나눌 때, 아이는 "우리 형도 사실은 장애인이야. 자폐성 장애를 가지고 있어."라고 말을 꺼냈다.

친구들은 처음에 조금 놀라기는 했지만 의외로 관심을 보이며 구체적인 질문들을 던져주었다고 한다. 아이는 아무렇지 않게 형을 소개하며 덕분에 얻은 게 많다고 오히려 형을 자랑했다. 친구들이 형제나 남매에 관한 이야기를 할 때 이전에는 낄 수가 없었는데 이날 이후로는 둘째 아이도 형과 관련된 에피소드를 편하게 말할 수 있게 되었다. 밝은 얼굴로 당당하게 이야기하니 친구들도 장애인 가족에 대한 편견과 선입견을 버리고, 우리 가족을 긍정적으로 받아들이는 것 같다고 아이는 내게 전해주었다.

시간이 걸리긴 했지만 둘째 아이는 남들에게 드러내고 싶지 않았던 자신의 약점을 밝히는 방법을 터득했다. 모든 사람에게 다 말할 필요는 없지만 친한 사람들에게는 솔직하게 이야기를 하는 것이 더 편하다는 것을 깨달았다. 그리고 혹여나 놀림이나 무시를 당하지 않을까 걱정했던 마음과는 달리 '아, 그렇구나.'하고 단순한 사실로 인정해주는 쿨한 사람들과 오히려 격려나 지지를 해주는 따뜻한 사람들이 더 많다는 것도 알게 되었다. 둘째 아이가 앞으로 살아가는 데 이런 경험들이 얼마나 긍정적으로 작용하게 될까 하는 생각을 하면 나는 때로 마음이 벅차다.

　장애가 있는 형을 통해 아이는 돈 주고 살 수 없는 귀한 것들을 배울 수 있었다. 할 수만 있다면 장애가 있는 형 '때문'이 아니라 형 '덕분'에 긍정적인 것들을 얻을 수 있기를 나는 소망했고, 그렇게 기도했는데 감사하게도 이루어졌다.

　소아우울증이 아이에게 찾아왔을 때는 절대 예상할 수 없던 일이다.

# 인생 제2막

큰아이가 3살 무렵까지 나는 전일제로 일했고, 이후에도 프리랜서 강사로 계속 일을 했다. 그때 나는 일과 육아의 균형을 잘 잡지 못했다. 한 가지에 몰두하면 그것에 모든 에너지를 쏟는 몰입형의 성향은 일을 하는 데 있어서는 아주 큰 장점이었지만 육아를 병행해야 하는 엄마로서는 바람직하지 않았다.

많은 고민 끝에 큰아이가 7살 때 내 명함을 내려놓았다. 지금에 와서는 인생을 돌아볼 때 가장 잘한 일 중 하나로 그것을 꼽는다. 남편과 아이들과 집안일에 온전히 충실했던 그 십여 년의 시간이 있었기에 현재의 열매가 가능했다는 것을 이제는 알기 때문이다.

인생은 한쪽 문이 닫히면 다른 쪽 문이 열리는 걸까. 아이들이 자라면 내가 다시 일을 할 수 있기를, 그것이 무엇이든 하나님께서 맡겨주시길 기도했는데 기회는 자연스럽게 찾아왔다.

몇 년 전 지인으로부터 성남시 장애인가족지원센터(이하 장가센)에서 진행하는 프로그램을 소개받았다. 무척 의외였던 것은 센터장님이 직접 진행한다는 점이었다. 게다가 무려 8차시인데 아직 코로나가 수그러들지 않은 시기에 온라인이 아닌 대

면 교육이었다. 할까 말까 고민을 오래 하다 결국 신청을 하긴
했지만, 온라인 교육의 편리함에 이미 맛을 들인 나는 오고 가
는 것부터 귀찮다는 생각이 머릿속을 떠나지 않았다.

귀찮음을 억지로 떨쳐내며 첫 시간에 교육 장소로 갔다. 오
전, 오후 수업이 있었는데 오전은 마감인데 비해 오후에는 신
청자가 나 혼자라는 사실을 센터에 도착하고 나서야 알았다.

"어머!! 저 일대일 상담 받는 거예요?"

뜻하지 않게 센터장님과 독대를 하는 기회가 생긴 거였다.
강의도 상담도 아닌 낯선 상황에서 센터장님과 이야기를 하다
가 내가 학부모회장을 맡고 있고, 인근 특수학교 학부모들을
대상으로 특강을 하게 된 것까지 전하게 되었다. 그러자 갑자
기 센터장님께서 호기심 어린 얼굴로 질문을 던졌다.

"강의요? 무슨 강의요?"

"아…… 그냥…… 선배 엄마로서 경험담 같은 거요."

"예전에도 강의하신 적 있으셨어요?"

"어…… 제가 옛날에 성교육 강사였어요."

"성교육이요? 어디서요? 어떤 자격을 갖고 계세요?"

그렇게 자의 반 타의 반 나의 신상을 모두 털며 이력과 전공, 과
거 경험, 큰아이를 키운 이야기까지 장황하게 풀어내게 되었다.

"저, 근데 아이 상담하려고 온 건데 제 이야기가 너무 길어져
버렸네요."

"괜찮아요. 우리 아직도 시간 많이 남았어요. 더 이야기해 보

세요."

　원래 수다 떠는 걸 좋아하는 사람인데 더 이야기해보라고 등까지 떠밀어주시니, 나는 신이 나서 하고 싶은 이야기들을 다 늘어놓았다. 비장애 형제 준하 이야기, 가족밴드로 공연한 이야기, 학부모회장으로서 자조모임을 꾸리고 있는 이야기, 마음 맞는 사람들이 있다면 해보고 싶은 협동조합 이야기, 인스타그램과 블로그, 브런치에 글을 쓰고 있다는 이야기 등.


　"참 잘 됐어요. 센터에서 멘토링 프로그램을 맡아줄 멘토가 필요했는데 민준 어머니께서 해주시면 좋겠어요."

　센터장님과의 우연한 만남은 장애아이를 둔 후배 엄마들을 대상으로 한 선배 맘의 멘토링 프로그램으로 연결되었다.

　몇 개월 뒤 정말로 프로그램을 개설하려고 하니 계획을 잡아보라는 연락을 받았다. 횟수나 주제를 정하는 일 모두 나에게 일임해주셨는데, 고민 끝에 꼭 해야 할 주제들을 선정하고 5회짜리 프로그램을 만들었다.

　장애아이를 키우는 엄마들은 이런저런 이야기를 하고 싶어도 털어놓을 데가 마땅치 않다. 그래서 내가 진행하는 프로그램은 일방적인 강의가 아니라 후배 맘들이 자신의 이야기를 쏟아낼 수 있는 시간이기를 바랐다. 질문지를 통해 수강생들의 이야기를 먼저 듣고 나의 이야기로 마무리 짓는 형식을 택했다. 신청하시는 분들이 편하게 왔으면 하는 바람으로 제목도

'수다파티'라고 지었다.

'수다파티'는 수강생들의 높은 만족도 평가를 바탕으로 계속 진행되고 있으며, 프로그램이 끝나고 나서도 수강생들과의 만남을 이어가고 있다.

한편, 학부모회장이 되면서 학교 내에서 자조모임도 꾸려서 운영하고, SNS를 통해 만난 엄마들을 대상으로 줌미팅도 하면서 틈틈이 후배 맘들과 일대일 만남도 적극적으로 가졌다. 여러 명이 한꺼번에 만날 때 다 알 수 없는 개인적인 이야기들을 일대일 만남에서는 좀 더 편하게 나눌 수 있어서 좋았다.

자조모임의 한 멤버는 개인적으로 만난 자리에서 나에게 이런 말을 했다. "선배님이 쓰신 글 아주 재밌게 읽었어요. 저에게 정말 소망이 되는 것 같아요. 시어머니께서 전화로 다 좋아질 거라고 말씀해주시는데 제가 선배님 이야기를 했어요." 몇 개월 뒤에 만난 이 후배는 천방지축 같던 아이가 많이 얌전해지고 안정되었다는 소식을 들려주었다.

아이와의 소통은 어렵고, 난감한 행동들은 시도 때도 없이 속출하고, 그 가운데 마음이 참 어려울 때 나와 나눈 대화들 속에서 후배들이 해결의 실마리를 찾을 수 있다면, 이런 시기들 뒤에도 평안이 찾아올 수 있다는 소망을 전할 수 있다면 나는 참 기쁠 것 같다.

아이가 어릴 때 '나를 이끌어주는 좋은 선배가 있다면 얼마나 좋을까?'하는 생각을 많이 했다. 아쉽게도 나는 멘토가 될 선배를 찾지 못한 채 20년 가까이 혼자 시행착오를 겪으며 지나왔다. 그래서 그때의 나와 비슷한 생각을 하는 후배가 있다면 그 마음을 누구보다 잘 안다.

나는 치료사나 선생님들이 알 수 없고, 할 수 없는 상담과 조언과 격려를 같은 길을 걸은 선배로서 해주고 싶다. 젊은 후배 맘들이 아이의 인생을 좀 더 길고 넓게 바라보고, 아이뿐만 아니라 가족 전체의 삶을 바라보며 선택과 결정을 하는 안목을 갖게 하는 데 내가 도움이 되기를 바란다. 내가 했던 시행착오와 실수들을 후배들의 삶에서 조금이라도 줄여줄 수 있다면 강사로서 상담자로서 선배로서 얼마나 의미가 있을까.

내 인생의 2막이 이제 막 시작되었다. 새롭게 만들 명함에는, 민준이와 준하의 엄마였기에 얻게 된 새로운 전공과 자격들을 당당하게 적을 수 있기를 바란다. 내가 최선을 다한 그 시간의 이야기들을 들려주고 후배 부모들의 멘토로서 위로와 격려를 전하며 소망을 주는 일을 하고 싶다.

나에게 민준이 같은 아들을 주신 하나님의 큰 뜻, 큰 그림이 무엇인지 어렴풋이 알아가고 있는 중이다.

Part 2.

# 삶의 해답 찾기

# 진짜 기도

큰아이가 7살 무렵 절정에 도달했던 남편과의 갈등은 아이가 8살이 되어도 완전히 없어지지는 않았다. 주일에 은혜롭게 예배를 드리고 집으로 돌아오던 길이었다. 차 안에서 남편과 말다툼이 일어났다. 내용이 뭐였는지는 기억나지 않지만, 그동안 쌓였던 섭섭하고 서운한 감정이 폭발했던 것은 정확하게 기억난다. 감정 섞인 대화가 몇 마디 오고 가던 중에 분노를 참지 못하고 나도 모르게 운전하는 남편의 뒤통수를 후려갈기고 말았다.

오해는 하지 않았으면 좋겠다. 20년 넘는 결혼 생활 동안 딱 한 번 있었던 일이다. 그러나 아이들을 뒷자리에 태우고 속도가 제법 나던 길에서 운전자를 건드리다니 아주 위험천만하고 간이 배 밖으로 나온 짓이었다. 남편은 급히 갓길에 차를 세우고는 내려서 씩씩거리며 열을 식혔다. 뒤따라 내린 나를 향해 주먹을 들었다 다시 내려놓던 모습이 지금도 선명하다.

당시 다섯 살이던 작은아이는 유난히 숫자를 좋아했다. 숫자가 많은 달력도 좋아해서 아이에게는 좋은 놀이감이었다. 남편의 뒤통수를 때린 그 사건이 있고 몇 개월이 지난 어느 날, 달력을 가지고 재미있게 놀던 아이가 어느 날짜를 손가락으로 딱 짚으며 말했다.

"이 날~~~, 엄마가 아빠 머리 때렸지~~~"

아이들의 눈과 귀와 기억력에는 초능력이 있는 걸 미처 몰랐다. 엄마가 숨기고 싶은 일을 이렇게 사진을 찍어놓듯 기억할 줄이야······. 남편에게 바로 가서 사과의 말을 건넸다. 정말 미안하다고, 잘못했다고.

그해는 남편의 변화가 시작되었던 때이기는 했지만 하루아침에 사람이 180도로 바뀌지는 않았다. 마음가짐은 분명 달라졌지만 체화되기까지는 많은 시간이 걸렸다.

그 무렵 나는 마음이 조급했다. 아이의 뇌 발달이 만 9세까지 이루어진다고 하니 남편이 큰아이의 치료에 좀 더 적극적이기를 바랐다. 내가 하는 방식대로 남편도 함께 반응하면서 일관된 양육 태도를 보이면 아이는 훨씬, 더 빨리 좋아질 것 같았다. 하지만 남편은 내 마음대로 움직여주지 않았다.

그러던 어느 날, 나는 큰 결심을 했다. 다음날부터 남편을 위한 새벽기도를 나가기로 한 것이다. 새벽에 달려도 차로 40분 이상 걸리는 먼 거리에 있는 교회를 다니던 때라, 그곳까지 가서 새벽기도회에 참여하겠다고 마음먹는 것은 쉬운 일이 아니었다. 그만큼 남편의 변화가 절실했고, 내가 할 수 있는 건 다 해보자는 생각에 하게 된 결심이었다.

새벽기도 첫날, 목사님 설교가 끝나고 기도 시간이 찾아왔다.

"하나님, 우리 남편을 좀 고쳐주세요. 변화되게 해주세요."

간절한 마음으로 기도를 하는데 조금 시간이 지나자 하나님께서 나에게 이렇게 물어보시는 것 같았다.

"지금 누구를 위한 기도를 하고 있니?"

그 질문을 받고 무척 당황했다. 내가 하는 기도가 당연히 '남편'을 위한 기도라고 생각했기 때문이었다. 그런데 내 마음의 바닥을 찬찬히 들여다보니 미처 알지 못했던 부분이 느껴졌다.

내 기도는 남편을 긍휼히 여기는 마음에서 나오는 것이 아니었다. 남편이 변화되면 큰아이를 양육하고 치료하는 데 더 협조할 것 같고, 그러면 아이가 좀 더 빨리 좋아질 거고, 그러면 나도 지금보다는 더 편해질 것 같은 마음.

남편이 주인공인 것 같았지만 사실은 '나'를 위한 기도였다.

나의 이기적인 마음을 깨닫고 나니 그제야 남편이 제대로 보이기 시작했다. 40대 가장이면서 직장인인 남자의 삶은 어땠을까. 남편이 일하던 기획부서는 기본적으로 일이 많은데다 돌발 상황에 바로바로 대처를 해야 하는 곳이었다. 주5일근무제가 시작되었지만 이와 상관없이 남편은 한 달에 이틀 정도만 쉴 수 있었다. 그마저도 일이 없어야 쉬는 거였으니 언제 쉴지는 미리 알 수가 없었고, 그래서 도무지 계획을 잡을 수 없는 시스템이었다. 언제부턴가는 주말에도 새벽에 들어오는 때가 많았다.

집에 오면 의사소통이 안 되는 큰아이에, 맨날 놀아달라 매달리는 둘째에, 이렇게 하자 저렇게 하자 요구가 많고 드센 아내에게 시달리는 남편이 보였다.

게다가 집을 떠나 타지에서 중·고등학교를 다니면서 남편은 청소년기에 부모님과 함께 생활하지를 못했다. 친밀함이 별로 없던 아버지를 고3 때 병환으로 여의기까지 했으니 아버지의 역할을 배울 기회는 더더구나 없었다. 아버지로서 아이들을 어떻게 사랑해야 하는지, 가장으로서 어떤 역할을 해야 하는지 모르는 게 당연했다. 그제서야 남편이 가엽다는 생각이 들기 시작했다.

그때부터 새로운 기도를 하게 되었다. 남편이 너무 불쌍해서 눈물이 하염없이 흘렀다.

"하나님, 남편을 도와주세요. 남편이 행복할 수 있게, 변화될 수 있게 인도해주세요."

30일을 작정하고 시작했던 새벽기도는 일주일도 못 하고 끝이 났다. 거의 독박 육아를 하던 상황에서 체력이 받쳐주지 않았다. 그러나 그날부터 남편을 위한 '진짜' 기도가 시작되었고, 남편을 바라보는 나의 시선과 마음가짐도 달라졌다. 그때 이후로 남편의 변화에도 탄력이 붙었던 것은 우연의 일치였을까.

이 깨달음은 큰아이를 위한 기도에도 똑같이 적용되었다.

"우리 아이 말 좀 하게 해주세요."

아이가 말을 잘 못해서 내가 너무 답답하니 말 좀 하게 해달라는 기도였다. 그러나 아이의 입장에서 생각해보니 자신의 마음을 표현하지 못하는 아이는 얼마나 힘들까 싶었다. 이런 마음을 깨닫고 나서 이번에도 달라진 '진짜' 기도를 올리기 시작했다.

"아이가 자신의 마음을 마음껏 표현할 수 있도록, 그래서 아이가 더 행복할 수 있도록 도와주세요."

마음속 깊은 곳에 있던 이기심의 민낯을 만나며 나는 남편과 아이들의 마음을 헤아릴 수 있게 되었다. 그리고 배웠다. 기도는 하는 게 중요한 게 아니라 어떤 내용으로 기도하는지가 더 중요하다는 것을. 나를 위한 기도가 아니라 상대를 위한 '진짜' 기도를 하면서 나 자신도 한 뼘 더 성장했다.

그렇게 내 삶의 삐거덕거리는 부분들이 하나씩 변화되어 갔다.

## 4인 가족, 25%의 균형

　인생에서 얻은 중요한 깨달음 중 하나는 '균형'이다. 직장과 가정의 균형, 일과 건강의 균형, 자녀들 사이의 균형, 시댁과 친정의 균형…… . 삶의 여러 영역에서 하나에 치우치지 않고 균형을 이루는 것은 누구에게나 어느 가족들에게나 참 중요하다.

　그리고 이 균형은 장애아이를 둔 가족들에게는 특히 더 필요하다는 것을 알게 되었다. 장애아이는 스스로 할 수 있는 것이 많지 않다. 시간이 흐른다고 아이가 저절로 배울 수 있는 것도 아니고, 더군다나 육아의 대부분을 혼자 책임지는 상황이라면 엄마는 그 속에 매몰되기 쉽다. 아이가 어릴 때는 중요한 발달의 시기를 놓치지 않기 위해, 초등학교 진학을 앞두고는 사회 적응이라는 난제 앞에 더할 나위 없이 예민해진다.

　"내가 그때 미쳤었나 봐요."

　다들 아이가 장애 진단을 받고 초등 입학 전후까지를 '미쳤었다'고 표현할 만큼 장애아이에게 올인하는 경우가 많다.

　그런데 이렇게 치료에 매달리게 되면 일상의 많은 것들을 놓치게 된다. 엄마 자신을 위한 것을 가장 먼저 포기하게 되고, 시간이 없으니 집밥도 포기하고, 청소나 정리도 포기하고, 더 나아가서는 남편을 포기하고, 비장애 형제를 포기한다. 다들 자신이 무엇을 포기했는지도 모르고 그 시간을 지나는 게 더 큰 문제다.

　나 역시 그랬다. 아이를 데리고 서울 시내 동서남북을 찍으며 하루에 두세 곳씩 치료실을 순회했다. 집에 돌아오면 저녁 6, 7시가 넘는데 파김치가 된 몸으로 정성껏 저녁을 차리기란 무리였다. 거의 매일 간단하고, 먹던 것만 먹는 일상이 지속되었다. 남편은 무슨 생각을 하며 사는지, 직장 일이 얼마나 힘든지 물어볼 마음의 여유는 전혀 없었다. 꼭 필요한 대화 이외에 서로의 마음을 나누는 대화는 해야 할 필요조차 모르고 살았다.

　비장애 형제인 둘째의 양육도 마찬가지였다. 입학을 앞둔 8살 큰아이에게 한글을 가르칠 때 다섯 살이던 둘째 아이는 어깨너머로 혼자 알아서 한글을 뗐다. 눈치 빠르고 똘똘한 아이이니 내가 별로 신경 안 써도 알아서 잘 자랄 거라고 생각했다. 엄마로서 먹이고 입히고 씻기는 것 외에 무엇을 더 해야 할지 솔직히 잘 모르기도 했다. 장애가 있는 큰아이만 그렇게 눈에 밟혀서, 어떻게 이 아이를 더 발전시키고, 무엇을 더 가르쳐야 할지, 어떤 치료가 효율적인지에 온통 혈안이 되어 있었다.

　그러다 둘째가 소아우울증에 걸리고, 남편과의 관계도 나빠지는 걸 경험하면서 차츰 내 삶에 균형이 필요하다는 걸 깨달았다. 큰아이에게 과도하게 쓰던 치료비를 줄여 둘째도 학원에 보내기 시작했고, 남편과는 더 자주 깊은 대화를 나누려고 애썼다. 또 나를 위한 화장품이나 옷도 사고, 자신을 위한 시간도 가지려고 노력했다.

큰아이가 중학교 1학년 때, 지역의 장애인복지관에 ABA(응용행동분석) 부모대학이라는 수업이 개설되었다. ABA는 1980년대부터 미국에서 알려져 많은 효과를 보고 있는 교육법이라는 사실을 전부터 알고 있었다. 그러나 아이가 수업을 받거나 내가 배울 수 있는 곳이 없어 안타까웠는데, 마침 가까운 복지관에서 부모 대상의 교육을 한다니 정말 반가웠다. 이미 많이 커버린 큰아이에게 교육의 가능성이 많지 않을 수도 있겠지만 아직 늦지 않았다고 생각했고, 그즈음 사춘기가 시작되어 여러 가지 어려운 행동들이 나오고 있던 차라 응용행동분석으로 이런 문제들을 해결할 수 있기를 바랐다.

3개월 이론 교육을 열심히 들었다. 하지만 이후에 이어지는 1년의 실습 과정까지 하려고 알아보니 만만치가 않았다. 엄마가 아이를 직접 가르치는 걸 목표로 하는 과정이라 제대로 하려면 나머지 가족들을 돌보기가 힘들 거 같았다. 많은 고민 끝에 실습을 포기했고, 대신 ABA 전문가에게 상담과 부모교육을 받는 걸 선택했다.

내가 어렵게 이 선택을 내릴 때 누군가 해준 조언이 두고두고 마음에 남았다.

"4인 가족이라면 각 구성원에게 25%씩 분담하는 게 맞아요. 시간도 에너지도 돈도 말이에요."

장애아이뿐만 아니라 남편과 둘째 아이, 그리고 나 자신에게도 관심과 사랑을 똑같이 기울여야 한다는 것을 알고 있었지만 다시 한번 고개를 끄덕이며 이 말을 귀하게 받아들였고, 더욱 마음에 새겼다.

## 부부데이트와 자녀데이트

균형 있는 삶을 살기 위해 혼자 이렇게 고군분투하고 있던 중에 지금 다니고 있는 교회를 만나게 되었다. 교회에서는 좀 더 명확한 질서를 알려주고 구체적인 지침으로 가정의 균형을 잡아갈 수 있게 도움을 주었다.

가장 크게 받은 도움 중 하나는 '부부데이트'와 '자녀데이트'였다. 한 달에 2번 이상은 꼭 부부만의 시간을 가지고, 적어도 두 달에 한 번은 자녀 1명과 따로 데이트를 하라고 권해주셨다.

부부데이트라고 해서 거창한 이벤트를 떠올리기 쉽지만 그렇지 않다. 가까운 카페도 좋고, 가벼운 산책길도 좋다. 둘만의 드라이브도 추천할 만하다. 단, 필수 질문이 있다. 각자 요즘 하나님과의 관계는 어떤지, 생활 속에서 힘든 부분은 무엇인지, 또 내가 도와줄 부분은 없는지 묻고 대화한다.

때론 너무 잘 아는 줄 알았는데 하나도 몰랐던 서로를 확인하기도 하고, 어려운 인생길을 함께 걸어가는 뭉클한 동지애를 느끼는 시간이기도 하다. 세상의 수많은 관계들처럼 부부 관계도 저절로 만들어지지 않는다. 서로 끊임없이 대화하고 노력할 때 세상에서 가장 끈끈하고 친밀한 기쁨을 주는 사이가 될 수 있다는 걸 부부데이트를 하면서 배워갔다.

자녀데이트도 마찬가지다. 부부데이트에서 나누는 필수 질문을 자녀와 똑같이 나눈다. 하지만 식사와 디저트 메뉴는 반드시 아이가 좋아하는 걸로 고르게 하는 게 중요한 포인트다. 자녀 한 명과 온전히 눈을 맞추며 아이의 관심사와 힘듦을 들어주는 시간을 갖다 보면, 집에서 매일 만나고 이야기를 하면서도 깊이 알지 못했던 내 아이에 대해 더 자세히 알게 된다. 자녀데이트를 하면서 결국 아이들이 부모에게 원하는 것도 크고 엄청난 무언가가 아니라 엄마, 아빠가 건네는 따뜻한 눈맞춤과 관심, 사랑이 아닐까 생각이 들곤 했다.

처음 SNS를 시작한다고 했을 때 남편과 둘째는 열정적으로 나를 지지해주었다. 블로그든 인스타그램이든 유튜브든 뭐든 열심히 해보라고 격려를 아끼지 않았다.

"근데 우리 집 이야기를 하려면 남편 이야기, 준하 이야기 다 해야 되는데 그래도 괜찮아? 사진이나 영상에서 얼굴도 다 보여주고?"

놀랍게도 두 사람은 상관없다고 말했다. 그렇게 해서 우리 가족은 누구 한 사람 빠짐없이 공개 SNS에 모두 등장하게 되었다.

많은 이들이 어떻게 남편과 비장애 형제까지 얼굴을 공개할 수 있냐고 묻는다. 이것이 바로 25%의 균형을 지키려 애쓴 결과라고 나는 생각한다. 만약 누구에게라도 내가 균형을 잃고 소홀했다면 남편과 둘째 아이는 나와 큰아이에 대해 쓴 마음을 가지게 되었을 것이고, 장애아이를 중심으로 올리는 내 SNS에 자신의 이야기나 얼굴을 공개하는 일에 동의하지 않았을 것이다.

온 가족이 다 함께 행복을 누리는 비결이 바로 여기에 있다.

## 사랑받는 아이, 인사 잘하는 아이

큰아이는 네 살 무렵 '지적 장애' 진단을 받았다. 하지만 아이가 자라면서 보니 지적 장애와는 다른 자폐 성향이 뚜렷이 느껴졌다. 초등 5학년 때 다시 받은 검사에서는 '자폐성 장애'로 진단명이 바뀌었다.

처음 발달 검사를 받았을 때만 해도 경계성 지능*으로 진단이 나왔다. 시지각이 좋아서 어릴 때는 지능이 높게 나왔지만 나이가 들수록 또래들과 차이가 많이 나게 되었는데** 이것은 사고력과 이해력에 문제가 있는 탓이었다. 6살 무렵, 아이의 지능은 지적 장애의 경계선인 70 정도였기에 나는 '조금' 치료를 받고 '조금' 노력하면 정상 범주로 올라갈 수 있을 거라고 기대했다. 아주 순진한 생각이었다.

5살부터 7살 여름까지 언어와 인지치료를 중심으로 음악치료, 놀이치료, 미술치료 등 각종 수업을 꾸준히 받았다. 그러나 기대한 만큼 아이는 좋아지지 않았고, 다른 아이들과의 차이가 점차 커질 거라고 경고했던 사람들의 말이 옳았다는 걸 조

---

\* 경계성 지능은 아이큐 70에서 85까지를 말한다.

\*\* 현재 큰아이의 지능은 경계성이나 경도(아이큐 50~69)가 아닌, 중도(아이큐 49~35)에 해당한다.

금씩 깨달아갔다. 상대의 말을 이해하는 능력이나 한글, 셈하기를 비롯한 인지는 아무리 가르쳐도 진도가 나가지 않았다.

초등학교 입학을 앞둔 7살. 여러모로 마음이 조급하고 머리가 복잡했다. 이 아이를 학교에 보낼 수 있을지, 일반 학교와 특수학교 중 어디로 보낼 것인지, 유예를 할지 말지 고민이 많았다. 그에 더해 나는 학교 선생님께 사랑받는 아이가 되었으면 하는 욕심도 버리지 못하고 있었다. 아이의 인지 수준을 보면 애당초 그른 일이었는데도 말이다.

그러다 어느 날, 문득 내가 다른 아이들을 볼 때 어떤 아이가 예쁜지 생각해보게 되었다. '인사를 잘하는 아이'가 나는 참 예뻐보였다. '인사하기'는 이해력이나 인지보다는 왠지 가르치기가 더 나을 것도 같았다. 그때부터 무슨 일이 있어도 '인사하기'는 꼭 잘 가르쳐야겠다고 결심했다.

## 깐깐한 옆집 할머니

큰아이가 8살 되던 해, 신축 아파트로 이사를 했는데 이사 첫날부터 옆집 할머니로부터 야단을 맞았다. 이사가 채 끝나지도 않은 오후 3시, 복도에 놓여 있는 박스들이 보기 싫으니 당장 치우라는 것이었다. 며칠 뒤에는 아이들 자전거에 묻어 있던 흙이 엘리베이터 앞에 떨어졌다며 또 소리를 지르셨다. 흙이 신발에 묻어서 할머니집 현관을 지저분하게 한다는 것이 그 이유였다.

가뜩이나 장애가 있는 아이의 돌발 행동으로 이웃에게 피해를 주지 않을까 싶어 절로 쪼그라들던 시절, 옆집 할머니까지 깐깐한 분을 만나니 마음이 여간 힘든 게 아니었다. 할머니 심기를 건드리지 않으려고 정말 조심조심했고, 오다 가다 마주칠 때도 내키지 않는 마음을 숨기며 반갑게 인사하려고 애썼다.

옆집 할머니는 아파트 한가운데에 있는 정자에서 매일 다른 할머니들과 수다를 떨거나 반찬거리들을 다듬었다. 그러다 보니 우리와는 나가면서 만나고, 들어오면서도 만나는 격이었다. 나는 하루에 몇 번을 할머니와 맞닥뜨려도 그때마다 인사를 빼먹지 않았고, 멀뚱멀뚱 쳐다보기 일쑤였던 아이들도 뒤통수를 꾹꾹 눌러가며 꼬박꼬박 인사를 시켰다.

그곳에서 2년을 살고 남편 직장이 이전을 하면서 우리도 이사를 하게 되어 그 소식을 옆집 할머니께 전했을 때였다.

"아유, 새댁. 새댁이랑 아이들이 참 이뻤는데 아쉽네. 어찌 그리 인사를 잘하는지, 하루에 몇 번을 만나도 처음 보는 사람처럼 인사해줘서 내가 얼마나 고마웠는지 몰라."

까칠하기로 악명 높았던 이 할머니의 마음이 언제 이렇게 부드러워지셨는지……. 2년 동안 우리가 한 거라곤 오로지 '인사' 하나였다.

이 사건을 통해 '인사'에는 사람의 마음을 움직이는 엄청난 힘이 있다는 사실을 더욱 새롭게 깨달았고, 인사 잘하는 아이로 키워야겠다는 생각에도 한층 더 확신을 가지게 되었다.

**인사 잘하는 그 애?**

처음에는 엄마의 뒤통수 누르기로 얼떨결에 인사를 했던 큰아이는 초등 저학년을 지나면서부터 스스로 인사하기 시작했다. 자신이 좋아하는 사람을 만나면 멀리서부터 뛰어가거나 손을 잡고 흔들며 큰 소리로 인사를 건넸다. 그 표현이 너무 과해서 깜짝 놀라거나 이상하게 쳐다보는 사람들도 있었지만, 반대로 자신을 반갑게 맞아주는 아이가 고맙다는 이들도 있었다.

문제는 낯선 사람들에게도 너무나 스스럼없이 인사를 건네서 이상한 시선을 받는 거였다. 모르는 사람에게는 인사하는 게 아니라고 무수히 가르치고 주의를 주어도 쇠귀에 경 읽기였다. 게다가 중학교 때 청소년수련관의 방과후수업에 다니고부터는 낯선 사람에게 다가가는 대담함이 더 커져버렸다. 수련관은 다양한 봉사자나 외부 선생님들이 오가는데다 많은 사람들이 인사를 잘 받아주면서 폭풍 칭찬을 해주니 강화가 된 모양이었다.

아이가 모르는 사람에게 인사할 때 옆에서 반응을 지켜보면 중년의 아줌마, 아저씨들은 당황한 표정을 지으면서도 대부분은 잘 받아준다. 할머니, 할아버지들은 '정말 이쁘다'고 큰 소리로 칭찬도 해주신다. 하지만 20대 여성들은 기겁을 하고 놀라서 도망을 가는 경우도 있었다. 어쨌든 큰아이는 낯선 사람이든 아는 사람이든 가리지 않고 인사를 '너무' 잘한다. 그래서 학교나 복지관, 동네에서 "아, 인사 잘하는 그 애?" 하면 누구나 통하는 아이가 되었다.

학교에서 혼자 집에 오는 것을 연습시키며 몰래 뒤를 밟은 적이 있었다. 걸어오는 길에 주차해 있는 택시 기사 아저씨한테 아이가 인사를 하는데 그분이 여간 반갑게 인사를 받는 게 아니었다. 또 근처 빌라 경비실에도 일부러 들러 인사를 전하는데, 경비 아저씨와 말을 주고받는 모양이 하루 이틀 안부를 나눈 사이가 아닌 것 같았다. 기가 막혀서 절로 웃음이 나왔다.

아이의 인사는 여전히 어설프고 걱정스럽다. 하지만 어딜 가나 사람들이 좋아하고 칭찬하는 장점 중 하나가 되었다. 그리고 선생님들께 사랑받는 아이로 키우고 싶었던 나의 바람도 함께 이루어졌다.

## 존재 자체만으로 사랑한다는 것

'내 모습 이대로'라는 노래를 큰아이가 처음 불렀던 날을 정확하게 기억한다. CD를 사서 차에서 들으며 다닐 때였는데 그 날은 차 안에 큰아이와 나 단둘이었다. 아이의 목소리로 첫 소절을 듣는데 눈물이 왈칵 쏟아졌다.

**내 모습 이대로 사랑하시네**
**연약함 그대로 사랑하시네**

노래 가사 하나하나가 오롯이 마음에 와서 박혔다.
'그래, 하나님은 민준이의 있는 모습 그대로 사랑하시지. 그런데 하나님, 저는 그게 왜 안 될까요……'
사춘기에 접어든 아들과 씨름하면서 한창 힘든 시간을 보내던 때였다. 아이는 마치 '내가 이렇게 행동해도 엄마가 날 사랑하는지 알고 싶어'라고 말하는 것처럼 온갖 맘에 안 드는 짓만 골라서 했다. 아침에 학교 갈 준비를 하다 말고 갑자기 마음이 상한 듯 방에 들어가 나오지 않았고, 길거리에서도 기분이 나쁘면 귀를 막고 길바닥에 주저앉았다. 방과후나 주말에는 방 안에 누워 있기만 할 뿐, 밖으로 나올 생각을 하지 않았다. 아무리 좋게 보려고 해도 도무지 마뜩지 않았고, 아이와 함께 사는 것 자체가 너무 힘들다고 생각되던 때였다.

그런데 그날, 아이의 음성을 통해 전해진 노래 가사는 연약함에도 꾸짖지 않으시고 한결같으신 하나님의 사랑을 기억하게 했다. 사랑이 없는 내 모습과 온전히 대비되어 자책감이 몰려왔다. 뿐만 아니라 이기적이고 뾰족뾰족해서 다른 사람들과의 관계에서 어려움이 있는 내 모습도 그대로 보였다.

'그런데 이렇게 엉망인 나도 하나님께서는 있는 그대로 사랑해주시는구나.'

이번에는 감사해서 눈물이 또 쏟아졌다.

내가 큰아이를 존재 자체만으로 사랑하지 않는다는 것을 처음 깨달은 것은 아이가 유치원에 다닐 때였다. 그날도 아이를 태우고 운전을 하고 있었는데 라디오에서 이적의 노래가 흘러나왔다. '다행이다'라는 노래였다.

그대를 만나고/그대의 머릿결을 만질 수가 있어서
그대를 만나고/그대와 마주 보며 숨을 쉴 수 있어서 (중략)
다행이다

노래를 듣다 보니 '그대'라는 가사에 큰아이가 자연스럽게 대입이 되었다. 아이의 머릿결을 만질 수 있고, 마주 보고 숨을 쉴 수 있는 것만으로 다행이라는 생각이 들어야 하는데 그렇지가 않았다. 내 말을 잘 이해했으면 좋겠고, 심부름도 잘했으면 좋겠고, 조잘조잘 수다도 떨어주면 좋겠고, 선생님들의 지시대로 잘 움직여주면 좋겠고. 아이가 내 옆에 존재하고 있는 자체만으로는 감사할 수 없었고, 도저히 사랑할 수 없었다. 내 속으로 낳은 아이인데, 이 아이가 어떤 모습이든 나는 사랑을 주어야 할 엄마인데 그게 이렇게 안되다니⋯⋯.

화창한 봄날, 차가 막히는 올림픽대로 위에서 운전대를 붙잡고 하염없이 쏟아지는 눈물을 훔쳤다.

### 이유가 없어요

세월이 흘러 아이는 중학교 1학년이 되었고, 방학 중 복지관에서 하는 계절학교 프로그램에 참여했다. 계절학교 선생님들은 관련 학과에서 실습을 나온 대학생들로 구성되어 있었다. 마지막 날, 수료식이 끝나고 선생님 한 분이 우리를 찾아왔다.

"어머니, 제가 민준이를 참 좋아했어요."

선생님은 자신과 눈도 맞추지 않는 녀석에게 몹시 아쉬운 작별 인사를 했고, 마치 애인을 군대 보내는 사람처럼 애절한 표정을 지으며 쉽게 자리를 뜨지 못했다. 사춘기인 아들을 미워하며 단 몇 시간만이라도 녀석을 보지 않는 게 소원이었던 나는 이 선생님의 모습이 정말 의아하고 신기했다.

"선생님, 민준이가 왜 좋으세요?"

몇 가지 예상되는 답변이 있었다. 잘 웃어서, 인사를 잘해서, 뭐든 잘 먹어서. 지금까지 다른 선생님들께 자주 들었던 말들이었다. 그런데 이분의 대답은 완전 달랐다.

"어머니! 제가 민준이를 좋아하는 데는 이유가 없어요. 민준이니까 다 좋아요."

뒤통수를 한 대 얻어맞은 것 같았고 얼굴이 화끈거렸다. 그렇다, 누군가를 진심으로 좋아하는 데 이유가 꼭 필요하지 않다. 그런데 나는 자꾸만 그것을 찾고 있었다. 내가 좋아할 만한 행동을 아이가 해 주기를 바라고, 내가 원하는 것을 아이가 해주지 않으면 너를 사랑할 수 없다고 고집을 부리고 있었다. 20대 초반의 젊은 대학생 선생님이 40대 엄마인 나보다 훨씬 나았다.

그때부터 나는 기도하기 시작했다. 아이를 있는 모습 그대로 사랑하게 해달라고.

## 기적은 매일의 일상 속에

몇 년이 훌쩍 또 지나 큰아이는 20대가 되었다. 주일 오후, 근처 식당에서 외식을 했다. 고등학생이었던 둘째가 매일 공부만 하다 보니 바깥 공기도 쐬고 싶었는지 식사가 끝나갈 즈음

이렇게 말했다.

"집에 갈 때 운동 삼아 걸어갈 건데 같이 갈 사람?"

아무도 말이 없자 내가 큰아이를 보며 말했다.

"민준아, 너 준하랑 같이 와."

아이가 당황해하며 큰 소리로 말했다.

"아니에요! 안 해요! 안 해요!"

"뭘 안 하는데?"

"운동이요. 운동 안 할 거예요!"

이럴 때는 어쩜 이렇게 이해도 빠르고 대답도 분명한지…….

보다 못한 남편이 둘째와 같이 걸어가겠노라 했고, 큰아이는 엄마랑 차를 타고 간다고 했다.

'안 되는데, 너야말로 좀 걷고 운동해야 되는데…….'

활동적인 편이 아닌데 먹는 건 참 좋아하는 큰아이는 살이 찌기 좋은 조건이라, 엄마로서 늘 신경이 쓰이는 부분이었다.

아이에게 다시 작업을 시작했다.

"민준아, 너 아빠랑 준하랑 같이 걸어와."

"엄마랑 차 타고 갈 거예요! 아니에요!!"

"아니야. 남자들은 걸어오고, 여자만 차 타고 가는 거야. 너 남자야, 여자야?"

"……차 타고 갈 거예요."

남자인지 여자인지 묻는 질문에는 답하지 않았다. 그 모습을 보면서 녀석이 지능적으로 머리를 쓴다며 남편과 함께 웃었다. 한편 대답하는 목소리가 아까보다는 훨씬 볼륨이 줄어 있었다. 나는 굳히기에 들어갔다.

"남자들은 걸어오는 거야, 민준! 알았지? 엄마는 먼저 갈게."

대답을 찾지 못하고 난처해하는 아들을 남겨두고 유유히 식당을 나와 차의 시동을 걸었다. 마음에 들지 않으면 장소 불문하고 큰 소리로 짜증을 내기도 했던 어린 시절 모습이 갑자기 떠올랐다. '설마 식당에서 난동을 부리지는 않겠지?' 하는 걱정이 슬쩍 몰려왔지만 금방 털어냈다. 집에 와서 조금 기다리니 세 남자는 걸어서 잘 도착했다.

예전에는 치료실이나 학교, 복지관 선생님들이 큰아이가 너무 귀엽다고 할 때 솔직히 공감이 안 갔다. 식당에서와 같은 상황에서도 말을 안 들으면 속상했고, 운동을 어떻게 시켜야 하나 걱정만 앞섰다. 그런데 요즘은 녀석의 당황스러운 표정도, 자신이 불리한 상황에서만 기가 막히게 작동하는 이해력과 재빠른 답변도 귀엽기 짝이 없다. 큰아이만 보면 이뻐 죽겠다고 하시던 선생님들의 마음이 뭔지 이제는 알 것 같다.

내 마음이 언제 이렇게 바뀌었을까. 내 기준과 잣대를 내려놓은 뒤부터였다. 아이의 모습을 있는 그대로 인정하고 받아들이니 모든 것이 편안해지기 시작했다.

아이와 함께 행복할 수 있는 비결은 특별한 게 아니었다.

# 어우러져 살아가기

## 겸손과 진심

큰아이를 키우는 일이 어려운 이유 중 하나는 아이가 자꾸 사고를 치기 때문이었다. 다른 사람들의 눈에 띄는 행동, 방해가 되는 행동을 해서 쓸데없이 주목을 받기도 하고, 남들은 안 하는 행동으로 오해를 받게 되는 일도 많았다. 그러다 보니 아이에게 장애가 없다면 굳이 하지 않아도 될 설명이나 사과를 참 많이도 했다. 좋지 않은 일로 사람들의 눈길을 받는 일은 늘 낯설었고, 고개를 숙이며 사과하는 일은 그리 높지도 않던 자존감을 갉아먹었다. 자꾸만 나 자신이 작아지고 위축되는 것을 느꼈다.

그러나 시간이 흐르면서 방법을 터득해갔다. 내가 찾은 방법은 '겸손'이었다. 입장을 바꿔 내가 장애아이의 부모가 아니라 '모르는 아이로 인해 불편을 겪은 사람'이라고 생각해봤다. 말뿐 아니라 진심으로 겸손한 태도를 보이는 사람에게 나라도 마음이 열릴 것 같았다. 물론 어떤 경우에는 내가 아무리 사과를 해도 상대에게 제대로 전달이 안 된다고 느껴질 때도 있었다. 그래서 더더욱 진심을 담아 죄송하다는 말을 하곤 했다. 큰아이 덕분에 나는 겸손한 태도를, 그리고 진심을 담는 법을 배워나갔다.

## 숨기지 않고 드러내기

또 다른 방법 중 하나는 '아이를 숨기지 않고 드러내는 것'이었다. 큰아이가 초등학교 1학년 때였다. 입학 후 일주일쯤 지난 어느 날, 하교 시간에 맞춰 학교에 갔는데 교실 복도에서 한 엄마가 옆에 있는 엄마에게 이렇게 말하는 소리를 들었다.

"우리 반에 왜 민준이라고 있잖아. 걔가 우리 애랑 짝꿍인데 글쎄……."

뉘앙스로 보아 별로 좋은 내용은 아닌 것 같았다. 이야기를 듣는 엄마는 멀리서 걸어오고 있던 내 얼굴을 보고는 난처한 눈빛을 보냈다. 모른 척 이야기를 듣는 것보다는 내가 누구인지 밝히는 것이 훨씬 낫다고 생각했기에 앞으로 나섰다.

"제가 민준 엄마인데요. 무슨 일 때문에 그러세요?"

그런데 이런 일은 이듬해 전학을 간 학교에서도 또 일어났다. 이럴 바에는 차라리 내 얼굴을 같은 반 엄마들에게 처음부터 공개하자는 생각이 들었다. 초등 3학년 때 학부모 총회가 있는 날, 내가 인사할 시간을 달라고 담임선생님께 미리 부탁을 드렸다.

아는 사람도 거의 없는 학급, 비장애아이를 둔 학부모들 앞에서 장애가 있는 내 아이를 소개하는 일에는 큰 용기가 필요했다. 더군다나 나는 낯을 많이 가리는 지극히 내향적인 성격이었다. 하지만 타고난 성향도 바꾸고, 자존심도 내려놓고, 내

안의 용기를 끌어 모았다. 엄마였기에 가능한 일이었다.

"안녕하세요. 저는 민준이 엄마입니다. 저희 아이가 좀 특별한 아이라서 미리 소개를 드리려고 합니다. 민준이는 자폐성 장애를 가지고 있어요. 반복적인 걸 좋아하고, 또래 아이들에 비해 지적능력이 떨어집니다. 하지만 밝고 잘 웃는 아이예요. 저희 아이 때문에 학급에 문제가 생기거나 수업을 방해하는 일도 가끔 일어날 거 같은데요. 미리 죄송하다는 말씀드리고 양해 부탁드립니다. 혹시라도 여러분의 자녀와 관련해서 문제가 생기면 저에게 꼭 알려주시면 좋겠어요. 제가 최선을 다해 아이를 가르치고, 상황에 따라서는 어머니들께 설명을 드리도록 하겠습니다. 잘 부탁드립니다. 감사합니다."

말을 마치고 나자 다리에 힘이 풀렸다. 모든 에너지를 집중한 탓이었다. 이후로 반 모임이나 학급 행사에도 적극적으로 참여하고, 같은 학급의 엄마가 자신의 집에 커피 마시러 오라고 하는 초대에도 빠짐없이 참석했다. 엄마들이 나누는 대화는 공감할 수 없는 내용도 많았다. 큰아이는 한 자릿수 덧셈도 못하는데 엄마들은 구구단 외우는 걱정을 하고, 우리는 언어치료를 받느라 속이 타는데 동네에서 핫한 영어학원 정보를 들어야 했다. 그래도 그들과 어울리려고 애썼다.

내가 노력하자 엄마들도 진심을 다해 배려해주었다. 운동회 날 학급 전체가 교실에 모여 비빔밥을 해서 먹기로 했는데 나에게는 극구 밥만 가져오라고 했다. 엄마들이 각자 준비해온 색색의 나물 반찬들이 큰 양푼 안에서 고추장, 참기름과 함께 섞여 맛있는 비빔밥이 되었다. 나에게 하나쯤 맡겨주지 않은 것이 서운하기도 했지만, 다른 한편 그들의 마음이 느껴져서 말없이 그릇을 비워냈다.

여름방학에는 엄마들 중 한 명에게서 전화가 왔다. 친한 엄마들끼리 아이들을 데리고 수영장이 있는 농원으로 놀러가기로 했는데 함께 가자는 거였다. 이번에도 굳이 입장료만 가지고 오라고 했다. 정말 아이들 수영복만 달랑 챙겨서 갔는데 막상 가보니 누구는 상추에 쌈장을, 누구는 밥을 한 솥 해 오고, 누구는 삼겹살에 불판을, 또 누구는 과일과 간식을 잔뜩 싸 가지고 왔다. 빈손으로 간 내가 너무 민망했지만 동시에 눈물이 나려는 걸 애써 참았다. 손이 많이 가는 아이를 키우느라 힘든 나를 위로하려는 동네 엄마들의 마음이 얼마나 예쁘고 감사한지 마음 한편이 아리도록 촉촉해졌다.

## 겸손의 근육 키우기

큰아이는 동네에서도 다양한 문제를 일으키곤 했다. 일률적인 걸 좋아하는 아이는 모든 문은 닫아야 하고, 모든 스위치는 켜놓아야 했다. 집에서만 그러면 좋겠는데 동네를 다니면서도 꼭 그렇게 해야 직성이 풀렸다. 남의 가게에 불쑥 들어가기도

하고, 건물마다 들러 같은 행동을 반복했다.

자가용으로 등하교를 하다 고등학교 때부터는 걸어서 다니기 시작한 어느 날이었다. 앞서 걷던 내 등 뒤로 아이를 야단치는 소리가 들려왔다. 건물의 외부등 스위치를 켜놓고 가는 아이를 어떤 아저씨가 붙잡았던 거였다. 거의 매번 들러 그런 행동을 했던 모양인데, 아이와 앞서거니 뒤서거니 걷던 나는 그 사실을 미처 알지 못했다.

"아줌마! 얘가 맨날 여기 지나가면서 이 스위치를 켜놓고 가요. 교육 좀 시키세요, 제발! 아줌마가 전기세 낼 거예요?"

짜증과 화가 뒤섞인 말을 들으면서 가슴이 벌렁거리고 얼굴이 굳어졌다. 하지만 수년간 연습한 내공이 발휘되었는지 그순간 겸손한 태도로 반응하는 내 모습에 나도 놀랐다.

"제가 미처 몰랐어요. 정말 죄송합니다. 앞으로 이런 일 없도록 교육할게요. 민준아! 어서 사과드려. 잘못했습니다, 다음부터 안 그러겠습니다 해야지!"

속이 상할 때가 많았지만 그래도 이렇게 대놓고 야단을 쳐주는 분은 고마운 분이라고 자꾸 마음을 바꿔 먹었다. 아이가 커가면서 엄마가 하는 말은 무조건 잔소리로 듣고 잘 고쳐지지 않을 때가 많았는데, 이렇게 다른 사람이 호되게 야단을 쳐주면 그렇게 고쳐지지 않던 행동들도 멈추게 되는 것을 경험할 수 있었다. 덕분에 적어도 그 건물만큼은 아이가 불을 켜는 행동을 하지 않게 되었다.

한편, 큰아이는 언제 만나도 웃는 얼굴로 인사를 잘하니 조금 시간이 지나면 오히려 야단을 쳤던 분들이 멋쩍어하는 경우가 대부분이었다. 그 아저씨도 처음에는 어색하게 인사를 받다가 어느 순간부터는 반갑게 먼저 인사를 건네는 사이가 되었다. 그리고 거기에는 '아, 내가 그때 좀 살살 야단칠걸'하는 후회와 미안함이 살짝 묻어나오곤 했다.

## 당당하기 그리고 유체이탈 화법

반대로 무조건 '겸손'만이 답이 아닐 때도 있었다. 겸손하되 요청을 드려야 할 일도 있고, 억울하게 지나친 야단을 맞을 때는 설명도, 항의도 필요했다. 한마디로 '당당하게' 말해야 할 일들이 있음을 깨닫게 되었다.

아이와 외출했다가 걸어서 집으로 오던 길이었다. 2~30평대 빌라들이 대부분인 동네에 5~60평대 단지가 두세 곳 있는데, 모르긴 해도 그곳에 사는 분들이나 경비원들은 고급 빌라라는 자부심을 나름 가지고 있는 듯했다. 아이는 길가에 있는 경비실에 들러 문이나 창문이 열려 있으면 닫고, '안녕하세요' 하고 인사하기를 좋아했다. 그날도 아이가 성큼성큼 먼저 가는 바람에 나하고 거리가 좀 벌어졌는데 내가 그 빌라 단지 앞을 지날 때쯤 경비원 아저씨의 큰 소리가 들렸다. 대충 상황을 보니 아이가 경비실 문을 벌컥 열고 인사를 하자 당황했고, 뒤

따라 나와서 따지는 중이었다.

"당신 도대체 뭐요?"

놀란 내가 얼른 다가가서 말했다.

"제 아들인데 무슨 일이세요?"

아저씨가 설명을 하려는 찰나, 경비실과 붙어있던 주차장에 있는 문이 열린 걸 보고 아이가 닫으러 가는 게 보였다. 그러자 아저씨는 빌라 안으로 들어가려는 줄 알고 버럭 소리를 질렀다.

"어딜 들어가는 거야? 당장 나가요!!"

나는 죄송하다고 고개를 숙이며 아이에게 장애가 있다고 양해를 부탁드렸다. 다른 의도는 없고 인사하기를 좋아해서 그렇다고, 문도 닫으려고만 하는 거라고 설명을 드렸다. 하지만 아저씨는 완강했다.

"어쨌든 여기 못 오게 해요. 오지 마요. 아이 교육을 잘 시키세요!!"

마치 나쁜 바이러스 같은 취급을 받는 거 같아 기분이 몹시 나빴다.

그런데 그 순간, 유체이탈 화법이 떠올랐다. '선물'이라는 책에서 이 화법으로 장애에 대한 이해가 없는 주변 사람들을 교육한다는 내용을 본 적이 있었다. 옆에 사람이 있지만 그 사람한테 하는 이야기가 아닌 듯 말하는 것이다.

"민준아, 이 아저씨가 너 다음부터 여기 오지 말래. 인사만

하고 지나가는 거고, 문은 닫기만 하는 건데도 안 된대. 니가 인사하는 걸 좋아하는 사람도 있지만, 이 아저씨처럼 싫어하는 사람도 있어. 그러니까 여기는 오지 말자. 알았지?"

'니가 인사하는 걸 좋아하는 사람도 있지만'이라는 대목에서 아저씨가 눈을 동그랗게 뜨며 움찔하는 모습이 보였다.

"죄송합니다. 안녕히 계세요."

끝까지 친절한 태도를 잃지 않으며 그 자리를 떠났다.

살면서 때때로 곤란한 상황을 겪는 것은 누구든 마찬가지이지만 장애아이를 키우는 부모는 그런 일들을 더 자주 만난다. 처음에는 아무리 해도 적응이 안 될 것 같던 일들이 차츰 익숙해지고, 이를 능숙하게 넘길 수 있는 지혜와 스킬도 다행히 조금씩 배울 수 있었다.

통쾌한 마음을 안겨주기는 하지만 유체이탈 화법은 이웃의 마음을 얻을 수 있는 방법은 아니기에 자주 사용하려고 하지는 않는다. 기본적으로는 겸손과 진심, 숨기지 않고 드러내는 태도가 먼저라는 사실을 잊지 않으려고 나는 애쓴다. 동네에서 만나는 모든 이들은 나와 우리 아이가 함께 어우러져 살아갈 지역의 이웃이기 때문이다.

서로 이해하고 배려하는 마음들이 자라나서 더불어 사는 조금 더 따뜻한 사회가 되었으면 좋겠다.

# 나를 채우는 시간

어린아이를 돌보며 집안일을 해야 하는 엄마의 삶은 온전한 휴식을 누리기가 어렵다. 맞벌이라면 더욱 그러할 것이다. 그런데 여기에 장애아이가 있다면 어떻게 될까.

보통은 아이가 클수록 여유가 생기는 것에 비해 장애아이는 나이를 먹어도 엄마가 지는 육아의 무게가 좀처럼 덜어지지 않는다. 지금은 '장애인 활동지원사'라는 제도가 있어서 국가에서 지원해주는 돈으로 도와줄 사람을 구할 수 있지만, 큰아이가 어릴 때는 그런 것도 없었다. 비장애아이라면 혼자 놀이터도 가고, 혼자 학원을 다닐 나이가 되어도 장애아이는 여전히 엄마가 함께 가고 기다렸다 데려오는 시스템을 웬만해서는 벗어날 수가 없었다.

큰아이가 8살 때 갑자기 야뇨증이 생겨 한의원에 갔다. 아이 진료를 보면서 나도 한약을 한 재 먹어야겠다 싶어 함께 진료를 받았다. 그즈음에 갑자기 가슴이 답답해지고 얼굴에 열이 나는 증상이 있기도 한 차였다.

나의 맥을 짚은 한의사의 첫 마디는 이랬다.

"쉬셔야 합니다."

프리랜서로 하던 일을 그만두고 육아에만 전념하니 그래도 전보다는 조금 여유가 있다고 생각하던 때였다.

"그래도 요즘은 이전보다는 좀 쉬는데요."

"몸뿐만 아니라 머리도 함께 쉬어야 합니다. 생각을 멈추어야 해요."

크게 충격을 받았다. 머리가 쉬고, 생각을 멈추어야 한다니. 그런 말은 단 한 번도 들어본 적이 없었다. 돌아보니 나는 낮에 잠깐 낮잠을 자려고 누워서도 머릿속으로는 큰아이 걱정에, 앞으로의 치료 방향에, 어떤 치료실을 더 다녀야 할까 하는 생각으로 편히 쉬지 못했다. 몸이 쉬는 것뿐만 아니라 머리가 쉬고, 생각도 멈추어야 한다는 한의사의 말은 나에게 정말 필요한 휴식이 무엇인지 생각해보는 계기가 되었다.

제대로 된 쉼을 가진 적이 언제였던가. 그 무렵 딱 한 번 있기는 했다. 숨 쉴 틈조차 없는 육아가 정말 너무 힘들어서 아이들 두고 콧바람 한번 쐬러 가면 소원이 없을 것 같은 마음이, 치료실에서 만나 친해진 성준이(가명) 엄마랑 딱 통했다. 성준이네는 아이가 외동이어서 그런지 아빠가 1박 2일 정도는 아이를 봐줄 수 있다고 했다. 우리 집만 해결하면 되는데 남편에게 말을 꺼내기가 쉽지 않았다. 큰아이는 떼가 심했고, 5살인 둘째도 놀아달라 투정이 많아 남편 혼자서 감당하기 힘들 것 같았다. 하지만 내가 더 이상 견딜 수 없는 한계상황이었고, 딱 이틀이니 맡기고 못 갈 것도 없다는 마음으로 어렵게 용기를 냈다.

"꼭 가야 돼? 나 혼자 두 아이 보기가 힘들 거 같은데…….."

"그래도 한번 해보면 어때요? 성준이 아빠는 오케이 했다는데요."

남편이 딱 부러지게 대답을 해주기를 몇 날 며칠 기다렸지만 우유부단한 성격의 남편은 계속 확답을 하지 않고 미적거렸다. 나는 기다리다 못해 어느 날 통보를 해버렸다.

"2주 뒤에 나 여행 가요. 오늘 기차표 끊었어요."

차마 가지 말라는 말은 못 하고 미적거리던 남편을 뒤로하고 그렇게 다녀온 남이섬 여행은 환상적이었다. 경춘선을 타고 가서 펜션에서 하룻밤 묵고, 다음날 남이섬을 구경하고 돌아오는 일정이었는데 결혼 9년 만에 처음 갖는 휴가였다. 여행을 다녀와서 보니 예상외로 남편도 아이 둘과 1박 2일을 잘 지낸 것 같았다. 오히려 내가 없는 동안 육아가 얼마나 힘든지 깨닫게 되면서 아내를 더 이해하게 되었고, 아이들과도 조금 더 가까워지는 계기가 되었다. 길고 긴 장마 사이에 잠깐 푸른 하늘이 드러난 것처럼 짧은 듯 길었던 여행은 힘들 때마다 나를 일으키는 추억 한 조각이 되었다.

혼자 갖는 휴식의 필요성을 잘 알게 되었지만, 빡빡하게 짜여진 일상 속에서 실천하기란 늘 녹록지 않았다. 교회에서는 삶의 균형을 이루는 구체적인 방법들을 가르쳐주었는데 그중 하나가 6개월에 한 번씩 아내가 자신만의 시간을 가지는 '리트릿(Retreat)'*을 하라는 거였다. 우리 교회는 홈스쿨링을 하는 가정이 많았는데, 선생님 역할까지 맡은 엄마가 한 학기에 한 번은 아이의 생활과 학습 등을 돌아보며 평가하고, 다음 학기 계획을 잡는 시간이 꼭 필요하다는 의미였다. 아이들이 많이 어리다면 하루나 반나절 정도의 카페 나들이로 대체해도 되긴 하지만, 가능하다면 집을 떠나 1박 2일로 갖는 것이 좋다고 권해주셨다.

당시 나는 두 아이를 데리고 홈스쿨링을 하고 있었다. 일반학교 특수학급에 다니면서 어려움을 겪던 큰아이에 둘째 아이까지 엮어 큰맘 먹고 시작한 지 2년째 되던 해였다. 장애아이의 엄마이자 홈스쿨러의 엄마였던 나는 이런 휴식의 시간이 더욱 간절하게 필요했다. 아내에게 정기적인 휴가가 필요하다는 것에 동의하지 않는 남편을 설득할 명분이 필요했는데 교회에서 강조해주시니 천군만마를 얻은 듯했다.

"근데 다른 엄마들은 안 가잖아? 당신만 왜 굳이 가려고 해? 집에서 해도 되잖아."

남편은 다양하게 꼬투리를 잡으며 불만을 표시했지만 그래도 나는 꿋꿋이 6개월에 한 번을 고수했다. 이래저래 10년 가까이 이어왔더니 이제는 남편도 그러려니 하는 분위기가 되었

---

* 리트릿(retreat)은 사전적 의미로는 '후퇴하다, 철수하다'라는 뜻이다. 복잡한 일상에서 한발 물러나 자신의 삶을 재점검하고, 삶의 에너지를 재충전한다는 의미로 사용되고 있다.

다. 아이들도 처음에는 엄마 혼자 집을 떠난다고 했을 때 의아하게 쳐다봤지만, 요즘은 엄마에게도 휴식이 필요하다는 걸 당연하게 받아들이며 잘 다녀오라는 인사를 자연스레 전하게 되었다.

리트릿은 분주한 내 삶에 잠깐 쉼표를 찍는 시간이다. 처음에는 지난 학기 평가와 앞으로의 계획을 세우는 것에 시간을 많이 할애했지만, 점차 나만의 휴식을 위한 시간을 더 많이 누릴 수 있게 되었다. 계속 미뤄두었던 일도 하고, 끊지 않고 한 호흡으로 책을 읽기도 하고, 편하게 낮잠을 자거나 영화도 본다. 오로지 내가 좋아하는 음식들로 입을 즐겁게 하기도 한다.

아내와 엄마가 없는 시간, 남편과 아이들은 나에게 새삼 고마움을 느끼며 동시에 다양한 집안일을 직접 해보며 배울 수 있는 기회가 되었다. 나아가 이 일은 장애아이를 홀로 책임지지 않고 남편과 작은아이에게 부탁하는 연습이 되었고, 또 큰아이를 향한 불안을 내려놓고 떠나는 연습도 되었다.

요즘 나의 리트릿은 2박 3일까지 늘어났다. 처음에는 사는 지역을 벗어나지 못했지만, 최근에는 여행 분위기를 제대로 내고 싶어 집에서 1~2시간 거리에 있는 숙소를 잡기도 했다. 굳이 5성급 호텔은 아니더라도 내 수준에 맞는 적당한 가격의 괜찮은 숙소를 찾는 것은 나에게 또 다른 즐거움이 되었다.

얼마 전에는 멋스러운 유럽식 건물에 잘 가꿔진 정원이 있는 호텔에 묵었다. 침대에 앉아서 보는 강 뷰가 꿈결 같았고, 산책길 어디에 카메라를 갖다 대도 그림 같은 풍경이 펼쳐졌다. 불가능할 거라 믿었던 현실이 지금 내게 펼쳐진 것처럼 말이다.

누릴 수 있느냐 없느냐는 어쩌면 마음속 종이 한 장 차이일지도 모른다. 장애가 있든 없든 아이를 키우는 일은 길게 보고 가야 할 마라톤이기에 중간에 반드시 물을 마셔가며 달려야 한다.

아이와 함께 달리는 모든 엄마들이 전국의 아름다운 장소들을 혼자 또는 여럿이 누릴 수 있기를 소망해본다.

# #서른아홉의 민준 엄마에게

민준 엄마, 반가워요. 서른아홉, 참 풋풋하고 좋은 나이네요.

민준이는 9살, 준하는 5살. 큰아이의 장애를 발견하고 4년쯤 지났겠네요. 사춘기를 질풍노도의 시기라고 하는데 민준 엄마에겐 지난 4년이 절망과 혼돈의 카오스가 아니었을까 싶어요. 평범한 사람들처럼 살려는 모든 기대와 꿈을 접고 장애아이를 키우는 가정으로 다시 새롭게 첫발을 떼야 했으니까요. 좌절하거나 포기하지 않고 꿋꿋이 그 몫을 감당하려고 애써온 민준 엄마에게 큰 박수를 보내요.

말로 설득이 잘 되지 않고, 떼를 심하게 부리는 민준이 때문에 많이 힘들지요? 8살에 입학을 유예하지 않고 큰맘 먹고 초등학교를 보냈는데 입학식 첫날부터 난동을 부려 많이 힘들었던 거 알아요. 한 달 만에 유예를 시킬 때도, 다시 유치원을 찾았는데 마땅히 보낼 곳이 없어서 막막했던 때도 정말 마음이 어려웠을 거예요. 게다가 집에서 가까운 병설 유치원에 자리가 비어 있었는데도 교육청의 이해할 수 없는 규정으로 입학 거부를 당했잖아요.

그런데 그때 민준 엄마가 신문고에 글을 올리고 국가인권위원회에 문제 제기를 했던 일은 정말 잘했다고 칭찬해주고 싶어요. 인권위의 도움을 받아 입학 허가를 얻어내고, 덕분에 민준이는 정말 행복한 유치원 생활을 보낼 수 있었으니까요. 그리고 다시 입학한 초등학교에서 점차 안정되어가는 민준이의 모습을 볼 수 있어서 다행이에요.

민준 엄마가 어린이집 게시판에 썼던 글들(부록 '시간이 보내온 초대장' 참조)을 십여 년이 지난 지금 보물함을 열어보듯 다시 보면서 나는 깜짝 놀라고 있어요. '감사한 일들이 너무 많습니다'라는 제목이라니요. 민준이가 일곱 살 때면 돌아보고 싶지도 않을 만큼 힘든 일이 많았던 때인데 어떻게 그런 글을 썼을까요.

아이가 20대가 된 지금까지 매일 찾으려고 애쓰는 '오늘의 작은 감사'의 시작이 훨씬 오래전부터였다는 사실이 벅차게 다가오네요. 날마다 감사한 일보다는 힘든 일들이 몇 배나 더 많았을 텐데, 사이사이 감사거리를 찾고 그것을 기억하려고 애쓴 시간들이 차곡차곡 쌓여서 얼마나 큰 힘을 발휘하는지⋯⋯. 그 훌륭한 걸음을 시작한 민준 엄마를 찐하게 칭찬해요.

민준 엄마, 아이는 느리지만 분명히 자라요. 6개월이나 1년 안에는 성장이 뚜렷이 보이지 않더라도 아이에게 해야 할 것(사랑, 관심, 훈육, 수준에 맞는 교육, 다양한 활동 등)과 하지 않아야 할 것(일관성 없는 태도, 아이가 할 수 없는 높은 수준의 것 강요하기, 공부와 놀이의 불균형, 아이의 마음은 무시하고 성과만 기대하기 등)을 잘 구분해서 양육하면 아이는 날로 좋아지고, 발전한답니다. 아이의 성장은 짧은 기간에는 잘 보이지 않아요. 하지만 3년쯤 지나면 발전의 상승곡선이 보이기 시작하고, 10년쯤 지나 돌아보면 깜짝 놀라게 될 거예요.
부모가 아이의 있는 그대로의 모습을 사랑하고, 일관성 있는 태도로 훈육하면서 아이의 존재 자체를 누리려고 애쓸 때 장애가 있든 없든 모든 아이는 하나님께서 주신 선물임을 알게 된답니다.

'감사할 일들만 남았다'고 선포하듯 글을 남겼을 때도 실상은 감사한 일보다 속상하고 좌절되는 순간이 훨씬 많았을 거예요. 엎친 데 덮친 격으로 준하의 소아우울증에 얼마나 상심이 컸을까요. 그 힘든 시간 가운데 좌절하기도 했지만 아이가 어릴 때 이런 시련을 주셔서, 빨리 정신 차릴 수 있게 해주셔서 감사하다고 기도했던 민준 엄마의 담대함도 칭찬해요. 남편에게도 긍휼한 마음을 갖고 관계를 회복하려는 노력을 시작한 것도 참 잘했어요. 엄마가 장애아이에게 함몰되지 않고 가족 구성원 모두에게 고루 관심을 두고 균형을 찾아간

다면 민준이네는 반드시 행복한 가족으로 거듭날 수 있을 거예요.

민준 엄마도 장애가 있는 아들을 키울 줄은 꿈에도 생각 못 했죠? 그렇지만 이제는 장애가 있는 민준이가 아니었다면 절대 알지 못했고, 누리지 못했던 것들을 알아가는 기쁨이 있지요? 그 기쁨과 감사가 앞으로 더 커질 거라고 믿어요. 그리고 민준이 덕분에 민준 엄마가 더 나은 사람이 되어가는 것을 알게 될 거예요.


해야 할 것과 하지 말아야 할 것들을 잘 구별하면서 하루하루를 쌓아나가길 바래요. 민준 엄마가 쉰 살이 되면 지금은 상상조차 할 수 없는 얼마나 큰 평안과 행복을 누릴지 미리 다 보여줄 수 없음이 안타깝네요. 지치고 힘들 때, 앞이 보이지 않을 때, 지나온 길을 돌아보세요. 그 안에 느리지만 분명 성장의 발자취가, 발전의 나이테가 있을 거예요.

민준 엄마는 잘 해낼 거랍니다.

서른아홉의 민준 엄마에게<br>
50대의 민준 엄마가

# Part 3.

# 음악이 함께하는 가족

# 노래와 노는 아이

큰아이는 어릴 때부터 노래 듣는 걸 좋아했다. 서너 살 무렵부터 어설픈 발음으로 "따따따 따따따 따따따따따" 노래를 불렀다. 그런데 누가 들어도 "따르릉 따르릉 비켜나세요"라는 걸 알아들을 정도로 음정이나 박자가 정확했다. 큰아이가 장애 판정을 받고, 양가 집안에서는 대놓고 말은 안 해도 걱정이 많으셨다. 그런 부모님들께 그래도 이거 하나는 잘하는 게 있다고 보여드리고 싶은 게 바로 '노래'였다. 지금처럼 흔한 핸드폰 카메라도 없고 동영상 하나 찍으려면 무거운 비디오카메라를 꺼내야 했던 아이의 유치원 시절. 메들리로 끝도 없이 노래를 부르는 아이를 지켜보면서 혼자 듣기 참 아깝다는 생각을 하곤 했다.

이런 내 마음과는 달리 아이의 노래를 다른 사람들에게 선보이기란 여간 어려운 게 아니었다. 혼자서는 신나게 참 잘 부르는데 막상 할머니 앞에서 해보라고 하면 무슨 일인지 입을 꾹 다물었다. 나중에 발달 검사를 받으며 보니 사회성을 점검하는 체크 항목 중에 '할머니나 다른 사람들 앞에서 노래를 부르나요?'라는 문항이 있었다. 정상적으로 발달하는 아이들은 서너 살만 되어도 자연스럽게 하는 행동인데 아이는 아홉 살, 열

살이 되어도 쉽게 하지 못했다.

그래도 노래는 꾸준히 아이와 다른 사람들을 이어주는 좋은 매개가 되었다. 교회 목사님이나 구역 식구들이 우리 집을 방문하면 마음이 내키는 날은 신나게 찬양을 메들리로 불렀다. 신청곡을 요청하면 평소에 아빠와 함께 부르던 찬양곡집을 뒤져 순식간에 그 곡을 찾아냈고, 사람들은 그런 아이를 보면서 감탄을 했다.

## 와~ 나보다 훨씬 잘한다

아이가 초등 3학년 때, 학교에서 친구들과의 사이에 어려움이 있었다. 큰아이가 나쁜 의도로 한 것이 아님이 분명한데도 부정적으로 해석해서 친구들을 선동하는 아이가 있었다. 심지어 큰아이를 통해 내 핸드폰 번호를 알아낸 후, 나에게 전화를 해서 잘 교육시켜달라고 당돌한 부탁을 하기도 했다. 고민 끝에 나는 반 친구들이 아이를 이해할 수 있도록 설명할 시간을 달라고 담임선생님께 부탁을 드렸다. 어렵게 한 시간을 얻었다.

그날 나는 반 친구들에게 큰아이가 가진 장애의 특성에 대해 설명했다. 그리고 아이가 잘하는 것들도 영상으로 보여주었는데 그중의 하나가 노래였다. 학급 장기자랑 때는 차례가 돌아와도 칠판 앞에 서서 몸을 비비 꼬기만 하다 들어왔다고 했다. 하지만 집이라는 안전한 공간에서는 아무 거부감 없이 노

래를 곧잘 불렀다. 영상을 본 친구들은 "와~ 나보다 훨씬 잘한
다!!" 하며 환호성을 질렀다. 뭘 물어봐도 제대로 대답도 못 하
던 아이가 자신들보다 잘하는 게 있다는 사실에 반 친구들은
놀라워했고, 다음날부터 친구들의 태도가 완전히 달라졌다.

## 변성기로 인한 위기

  아이의 노래에 위기가 찾아온 건 바로 변성기였다. 목소리
톤이 낮아지면서 소리 내는 법을 다시 배워야 했다. 특히 고음
부분에서는 진성으로 노래하지 않고 가성을 사용했다. 노래를
잘 부르다가도 고음 파트에서 갑자기 가성을 내는 그때의 영상
은 지금 봐도 무지 웃다. 하지만 당시의 나는 마음껏 웃을
수 없었다. 그나마 잘하는 노래가 이런 식으로 웃기게 정착될
까 봐 두려웠기 때문이다.

  그 고비를 지혜롭게 넘길 수 있게 도와주었던 건 남편이었
다. 큰아이가 하루에 수도 없이 엄마를 불러서 상담을 받아야
할 정도로 힘들었던 시기였는데 '엄마'를 부를 때만큼은 항상
진성의 목소리를 사용하는 거였다. 남편은 아이와 노래를 하다
가 가성이 나오면 '엄마'를 부르게 했다. 가성이 나왔다가도 아
빠와 함께 '엄마'를 몇 번 부르고 나면 목소리가 바뀌었다. 그
렇게 하자 얼마 안 가 아이의 노래는 감사하게도 다시 원래대
로 돌아왔다.

## 놀이가 된 노래

식구들이 모두 각자의 일로 바쁜 일요일 저녁이었다. 고등학생이었던 둘째는 시험을 앞두고 공부에 열중하고 있었고, 남편은 나의 부탁을 받고 청귤 썰기에 열심이었다. 나는 저녁식사 준비를 하며 틈틈이 병을 소독하고, 설탕도 계량하며 청귤청을 담을 준비를 하느라 분주했다. 청귤청을 만들겠다고 야심차게 5kg를 주문했는데 며칠째 베란다에 방치되어 있는 걸 보면서 오늘은 꼭 마무리해야지 결심한 날이었다.

가족들 모두 큰아이를 챙길 여유가 없었다. 심심했던 아이는 혼자 자기 방에 누워 낮잠을 자다가, 식탁에 앉아 아빠가 청귤 써는 것을 구경도 했다가, 내가 코드를 뽑아놓은 TV를 혹시나 하고 리모컨으로 켜보기도 했다. 그러다 마침내 성경책을 들고 거실 탁자에 앉아 찬송가를 부르기 시작했다. 아는 노래는 정확하게, 모르는 노래는 대충 음을 만들어가면서 정말 놀이처럼 즐겁게 한 장, 한 장 넘기면서 불렀다. 찬송가가 끝나자 다음에는 동요곡집을 폈다. 역시 첫 페이지부터 한 곡, 한 곡 끝까지 불렀다. 그 모습을 지켜보는데 저절로 미소가 지어졌다.

자폐성 장애를 가진 아이들은 놀이가 참 어렵다. 혼자 놀기도 어렵고, 다른 사람들과 함께 노는 것은 더 어렵다. 그런데 큰아이에게 노래는 혼자 할 수 있는 몇 안 되는 놀이 중 하나가 되었다. 조그만 입술로 음만 따라 부르던 어릴 적 모습부터 사춘기 시절의 변성기를 지나 수염이 거뭇거뭇 나고 있는 지금까지 아이가 노래하는 다양한 모습들이 눈앞에 스쳐 지나갔다. 긴 시간이 쌓여 마침내 놀이로 자리 잡은 '노래'가 있어서 참 감사하다는 생각이 들었다.

몸도 마음도 바빴던 휴일 저녁, 한 시간 넘게 노래를 부르며 혼자 노는 아이를 보며 마음이 뭉클했다.

# 누구에게나 무대가 필요하다

큰아이가 초등 5학년 때, 우리는 교회를 옮기게 되었다. 이전 교회는 아이가 다섯 살 때부터 다녔던 곳인데 성도 수가 아주 많은 교회였다. 큰 교회여서 누리는 장점도 있었지만 장애 아이를 키우는 부모 입장에서는 아이가 커갈수록 대형교회의 한계가 더 많이 느껴졌다. 교회를 옮기기로 결심하는 일은 쉽지 않았지만, 그럼에도 장애가 있는 큰아이와 함께 오랫동안 잘 다닐 수 있는 교회를 찾고 싶어서 어려운 결정을 내렸다.

이후에 여러 교회를 탐방하면서 가족적이며 소박한 규모의 교회가 우리와 잘 맞을 거 같다는 생각을 하게 되었고, 그런 곳을 만날 수 있기를 기도하며 찾았다. 그러다 큰 기대 없이 한 교회를 방문했다가 정착하게 되었는데, 그곳이 현재까지 함께 하고 있는 '주님의은혜교회(수원)'이다.

## '모두'의 축제

대형 교회에서는 한 학년이 대체로 500명이 넘었다. 워십팀도 찬양팀도 모두 오디션을 통해 30명 정도를 선발했고, 이 아이들만 열심히 연습시켜 매주 예배 때 무대에 세웠다. 성탄절도 모두의 축제라기보다는 이들만의 축제였다. 나머지 아이들은 멋진 공연을 구경만 하다 집에 가곤 했는데 주일 학교 교사로도 섬겼던 나는 이 부분이 정말 아쉬웠다.

반면 새롭게 합류하게 된 교회는 25가정 내외의 100여 명의 성도가 모이는 작은 곳이었다. 교회를 옮긴 첫해, 우리가 경험한 성탄 축제는 그야말로 '모두'의 축제였다. 잘하고 못하고를 떠나서 누구나 무대에 설 수 있었고, 온 가족이 함께 준비한 공연을 보여주는 등 이제껏 내가 봐온 성탄절 축제하고 아주 많이 달랐다.

이듬해 성탄절이 다가오자 성탄 축제에서 발표를 할 사람은 신청하라는 공지가 떴다. 나는 큰아이의 노래를 신청하고 싶었다. 무대에 설 기회가 없어 무대 매너를 배우거나 다른 사람들에게 자신의 장기인 노래를 보여줄 기회를 한 번도 갖지 못하는 게 안타까웠기 때문이었다. 여러 가지로 걱정되는 부분도 많았지만 이렇게 아담한 규모의 교회 무대라면 실수해도 괜찮고, 망쳐도 괜찮을 거 같았다.

하지만 아이 혼자 내보내기는 무척 불안했다. 무대에서 무슨 일을 할지 예측이 불가능할 정도로 돌발 행동을 종종 하던 시기였다. 내 머리에서 나온 가장 좋은 안은 남편을 설득해서 함께 무대에 서게 하는 것이었다.

## 남편을 설득하다

남편은 사람들 앞에 나서기를 아주 싫어하는 사람이었다. 내가 처음 말을 꺼냈을 때 남편의 반응은 단칼에 거절이었다.

"뭐? 민준이하고 앞에 나가서 노래를 하라고? 안 해! 안 할 거야!!"

"아유, 그러지 말고 한번 해봐요. 집에서 하던 것처럼 당신은 기타 치고 민준이한테 노래하라고 하면 되잖아요."

"싫어. 민준이가 무대에서 어떻게 행동할지 알 수가 없잖아. 그렇게 하고 싶으면 당신이나 해!"

내가 무대에 설 수만 있었다면 남편에게 제안조차 하지 않았을 것이다. 나는 음악하고는 안 친한 사람이다. 음정이 잘 안 맞아서 노래도 못 부르고 다룰 수 있는 악기도 전혀 없었다.

포기하지 않고 남편을 계속해서 설득했다.

"민준이가 그나마 잘하는 게 노래밖에 없는데 무대에 설 기회가 없잖아요. 이런 기회를 잘 살려 무대를 경험하게 해주면 여기에서 배우기도 하고, 성장하지 않겠어요?"

결국 남편은 나를 이기지 못하고 마지못해 무대에 섰다. 14살, 사춘기가 한창 무르익던 때였고, 시도 때도 없이 '엄마'를 너무 많이 부르던 시절이었다. 아이는 무대에 나가서 전주나 간주가 흘러나오는 상황에서도 객석에 있는 나를 가리키며 연신 '엄마'를 불러댔다. 얼굴이 화끈거렸고, 괜히 시켰나 한순간

후회도 되었다. 그러나 아이는 '엄마'를 부르다가도 노래를 해야 할 순간이 되면 기가 막히게 첫 음을 놓치지 않고 정확하게 시작하였다. 첫 무대는 여러모로 아쉬웠지만 나쁘지는 않았다.

## 민준이네는 매년 꼭 무대에 서세요

다음 해에도 남편을 어렵게 설득해서 성탄절에 공연 신청을 했다. 하지만 그해에 아이는 우리 마음대로 움직여주지 않았다. 자신이 편안하게 생각하고 좋아했던 공간인 유아방에서 아예 나오지 않겠다고 고집을 피웠다. 결국 순서 직전에 나와 겨우 무대에 오르기는 했지만 노래는 거의 부르지 않았다. 애써 준비한 무대를 망친 느낌이라 당황스러웠고, 축제 분위기였던 성탄절에 나는 기분이 한없이 가라앉았다. 뿐만 아니라 교회 식구들의 눈치도 살피게 되었다. 다른 사람들 눈에는 어떻게 보이는지, 다들 어떤 생각들을 하는지 통 알 수가 없었다.

다음 해 성탄절에는 공연 신청을 하지 않았다. 그런데 축제가 끝나고 집에 가려는데 우리 부부와 딱 마주친 목사님께서 이렇게 말씀하셨다.

"올해는 왜 민준이 노래 발표를 안 했어요? 민준이 노래가 없으니 너무 서운했어요. 앞으로 민준이네는 매년 꼭 무대에 서도록 하세요."

아이고야, 우리 부부는 전혀 예상하지 못했던 요청에 많이 당황했고, 긍정도 부정도 하지 못한 채로 목사님과 헤어졌다.

집으로 돌아오는 길, 차 안에서 남편에게 넌지시 말을 건넸다.

"그래도 목사님 말씀이니 따라야겠죠?"

막상 무대를 준비해보니 선곡도 어렵고, 아이를 연습시키기도 어렵고, 공연 당일 아이의 돌발 행동에 대처하는 건 더 어려워서 '여기서 이제 그만'하려고 했던 남편과 나는 어쩔 수 없이 마음을 돌려먹게 되었다. 결국 다음 해부터는 성탄절 공연을 위해 3월부터 선곡을 하고 일 년 내내 그 노래를 많이 듣고 자주 부르며 12월 무대를 준비했다.

## 기대하지 않은 발전들

옛날 동영상들을 다시 찾아보면 여전히 내 눈에 안 차는 아이의 여러 가지 부족함들이 보인다. 무대에 올라가서 삐딱하게 서 있기, 마이크 앞에서 노래하지 않고 멀리서 부르기, 어떤 때는 마이크를 입에 넣을 듯 붙이고 부르기, 노래하면서 마이크에 붙은 스티커 떼기, 노래 끝나고 아빠가 기타로 후주를 하는 동안 무대에서 먼저 뛰어 내려오기 등. 2019년까지도 아이의 그런 모습들은 크게 나아지지 않았다.

하지만 5년쯤 계속 무대에 오르자 아이에게서 조금씩 변화가 보이기 시작했다. 차례를 알려주고 바로 앞사람이 할 때쯤 무대 근처에 가서 앉아있자고 하면 무슨 말인지 금방 알아들었다. 조금씩 무대에 서는 것이 익숙해지고 즐기는 듯한 모습도 보였다.

진짜 놀라운 건 관람이 가능해졌다는 사실이었다. 성탄절 공연 자체에 아무 관심이 없어서 매년 그 시간에 아이는 혼자 겉돌았다. 무대가 있는 본당에 오지도 않고 다른 층에 있는 유아방에 혼자 우두커니 앉아있을 때가 많았고, 본당에 가자고 해서 데려다 앉혀놓아도 무대에 집중하지 않고 계속 웃거나 돌아다니곤 했다. 그러다 혹여라도 다른 사람들에게 피해를 줄까 싶어 나는 감시하느라 바빠서 성탄절 공연을 즐기기가 어려웠다. 그랬던 아이가 언제부턴가 돌아다니는 일 없이 끝까지 앉아있는 모습을 보였다. 전체 공연은 2시간이 넘었다. 몇 년 더 지나자 내가 아이 옆에 꼭 붙어있지 않아도 문제가 없을 정도가 되었다. 기대하지 않은 발전이었다.

작은 무대에서 여러 번 부담 없이 연습하며 쌓은 무대 매너와 자신감은 이후에 낯선 사람들 앞에서도, 훨씬 큰 무대에서도 노래를 부를 수 있게 했다. 무수히 반복하며 다듬어지고, 실수를 하는 가운데에서도 성장한다는 뻔한 사실을 나는 아이를 통해 확실하게 배웠다.

두 번의 성탄절 무대를 끝으로 '무대는 영원히 안녕' 하지 않았던 것은 참 잘한 일이었다. 아이의 다듬어지지 않은 행동들이 나의 체면을 구기는 것으로 생각해서 더 이상의 기회조차 주지 않으려고 했던 그때 그 시절 나의 편협함을 생각하면 얼굴이 뜨거워진다.

## 작은 무대들이 지속적으로 제공되길

한껏 움츠러들었던 우리 부부의 마음을 돌려주신 목사님께 참으로 감사한 마음이다. '매년 꼭 무대에 서라'는 이야기만으로도 틀려도 실수해도 괜찮다는 뜻이 충분히 전달되었고, 우리는 큰 위로와 격려를 받았다. 그렇게 여러 해를 보내면서 자연스럽게 내 마음도 조금씩 단단해졌다. 아이의 반듯하고 의젓한 모습만을 보이고 싶어서 심하게 마음을 졸이며 지켜봤던 처음과 달리 완벽하지 않더라도 장애가 있는 큰아이만이 보여줄 수 있는 무대가 더 의미 있고 가치 있다고 생각하게 되었다.

장애아이들뿐만 아니라 특별한 재능은 가지지 못한 평범한 비장애아이들도 열심히 준비한 무언가를 맘껏 보여줄 수 있는 소소한 무대들이 많아지고, 또 지속적으로 제공되었으면 좋겠다는 생각을 해본다. 그곳이 학교이든, 교회이든, 동네 복지관이든, 지역에 있는 예술관이든 지속적인 경험과 시도를 통해 아이들은 자라고 성장해나갈 것이다. 부모도 교사도 이웃들도 이를 함께 믿고, 무대를 통한 배움이 필요한 모든 아이들에게 더 많은 기회들을 제공하려는 마음들이 늘어났으면 좋겠다.

# 민준이네 가족밴드

민준이네 가족밴드가 탄생한 것은 정말 우연이었다. 지역에 문화예술 교육을 하는 센터가 새로 생겼다고 해서 상담을 하러 갔다. 여러 가지 이야기 끝에 큰아이가 노래는 조금 부른다고, 아빠의 기타 반주에 맞추어 교회 행사 때 노래를 하기도 했다고 말했다. 내 말이 끝나자마자 원장님이 대뜸 이렇게 말씀하셨다.

"몇 달 뒤에 소극장에서 공연할 건데 그때 무대에 서세요."

이게 무슨 소린가 싶었다. 아이의 노래를 듣고 싶다고 하면 핸드폰에 저장된 동영상이라도 보여드릴 준비가 되어 있었는데 묻지도 따지지도 않고 무조건 무대에 서라고 하니 당황스럽긴 했다. 150명 규모의 소극장에서 발달장애인 가족들을 위한 작은 음악회를 준비 중이라는 설명을 뒤이어 들었다. 제안을 받고 차분히 생각해보니 나쁘지 않을 것 같았다. 가족들 아니면 교회의 친숙한 사람들 앞에서만 노래를 불렀는데 낯선 공간, 낯선 사람들 앞에서 하는 공연은 모험이긴 하지만 시도해 볼 만한 좋은 기회였다.

## 한번 해보지 뭐

문제는 '남편'이었다. 수줍음이 심한 남편에게 모르는 사람들이 150명이나 모여 있는 무대에 서면 좋겠다고 했을 때 어떤 반응이 나올지는 내 머리 속에 이미 그림이 그려질 정도였다. 아니나 다를까 주저주저하며 이야기를 처음 꺼냈을 때 나를 한 번 쳐다보더니 대꾸도 하지 않고 고개를 돌려버렸다.

며칠 뒤 다시 말을 꺼냈는데 이번에는 조금 화를 냈다. 그다음부터는 방법을 바꾸었다. 며칠씩 간격을 두고 기회가 될 때마다 혼잣말처럼 자꾸 말을 흘렸다.

"내 생각에는 좋은 기회인 거 같은데……."

"민준이한테 참 좋을 거 같은데……."

"괜찮을 것도 같은데……."

제안을 받고 한 달이 지났는데도 남편의 긍정적인 대답은 듣지 못한 채 날짜는 흘러가고 있었다. 혼자라도 무대에 세울까 생각도 했지만 아이는 여전히 불안한 상태였다. 교회에서 여러 번 무대에 서긴 했어도 돌발 행동을 하지 않으리라는 확신이 들 정도는 아니었다. 아무래도 남편이 함께하는 것이 최선이었다. 마침 결혼기념일이 되어 부부가 오붓한 시간을 가지게 되었다. 서로에게 고마움을 표현하는 좋은 분위기 속에서 마지막이라는 심정으로 다시 이야기를 꺼냈다.

"이번 주 내로 확답을 달라고 하셔서요. 내 생각에는……." 그러나 정말 내키지 않으면 하지 않아도 괜찮다고 말했다.

그런데 이어지는 남편의 시원한 대답.

"한번 해보지 뭐."

잠깐 내 귀를 의심했다. 남편은 스스로 무대 공포증이 있다고 했을 만큼 남들 앞에 나서기를 싫어하는 사람이었다. 그런데 막상 남편이 해보겠다고 하자 이번에는 내가 덜컥 겁이 났다. 괜히 무대에 섰다가 오히려 안 좋을 수도 있을 거 같았다.

"그래도 괜찮아. 좋은 기회니 잘 이용해보는 거지 뭐." 남편의 그 담대한 발언을 잊을 수가 없다. 얼마나 멋있고 듬직했는지 본인은 아마 모를 것이다.

## 좋아요 연습해볼게요

공연 날짜가 한 달 정도밖에 남지 않아 연습에 박차를 가하던 어느 날, 센터에서 마주친 원장님께서 내게 말씀하셨다.

"민준이 동생이 피아노를 잘 친다면서요?"

센터에서 받고 있던 큰아이의 피아노 수업에 동생이 함께 갔던 적이 있었다. 수업 장소에 있던 근사한 그랜드피아노를 보더니 둘째가 쳐보고 싶다고 해서 연주를 했었는데, 피아노 선생님께서 그때 일을 전한 모양이었다.

"피아노로 반주도 가능해요? 그러면 셋이 같이 무대에 서면 되겠네요."

클래식 레슨을 받던 둘째는 가요 반주는 해본 적도 없고, 코드법도 배운 적이 없었다. 세 부자가 함께 공연을 하는 모습을 그때까지 우리는 한 번도 그려본 적이 없었다. 그리고 반주야 연습을 하면 가능할 수도 있겠지만 중학교 2학년, 한창 민감한 시기의 아이가 과연 장애가 있는 형이랑 함께 무대에 선다고 할지 장담할 수가 없어서 그 자리에서 확답을 못하고 헤어졌다. 집에 돌아와 둘째 아이에게 조심스럽게 말을 꺼냈다.

"한 달 뒤에 아빠하고 민준이 형이 소극장 무대에서 공연을 하기로 했거든. 근데 네가 피아노 반주 좀 해줄 수 있을까?"

둘째는 몇 가지 구체적인 질문들을 하더니, 입을 열었다.

"좋아요. 연습해볼게요."

남편에 이어 둘째의 화끈한 대답에 나는 또 한 번 놀랐다. 중학교 2학년, 사춘기의 정점이었다. 둘째도 반항과 고집을 부리며 나와 부딪치는 일이 많던 시기였고, 스스로 하고 싶지 않은 것을 부모의 설득으로 하게 만들기는 거의 불가능한 때였다. 아이가 하고 싶지 않다고 하면 나는 깨끗이 마음을 내려놓을 생각이었다.

"근데 준하야, 사람들이 네가 민준이 형의 동생이라는 걸 다 알게 되는데 괜찮겠니?"

"전에는 신경도 쓰이고 그랬는데 이제는 괜찮아요."

눈물 나게 감사한 순간이었다. 한때는 형 때문에 우울했고, 형을 위해 기도하자고 하면 하기 싫다고 말했으며, 보드게임을 함께할 수 있는 형이 아니어서 너무 속상하다고 했던 둘째였다. 그

아이가 많은 사람들 앞에서 형을 소개하는 것이 하나도 어렵지 않다고 말하고 있었다.

## 행복했던 준비 기간

공연을 준비하는 한 달 정도의 기간은 참 행복했다. 매일 저녁 모여 짧게는 30분에서 1시간 정도 연습했는데, 이렇게 매일 온 가족이 함께 모여서 시간을 보내는 것은 이전에 없던 거였다. 공연이라는 프로젝트를 가족이 함께 하지 않았다면 경험하지 못했을 일이었다.

큰아이의 목소리에 맞게 코드를 바꾸고, 기타와 피아노 반주가 어떻게 어우러지는 게 좋은지 함께 고민했다. 또 1, 2절 가사를 자꾸 헷갈려하는 큰아이를 도와줄 방법을 찾느라 머리를 맞대며 고민하는 사이 가족의 친밀감과 사랑은 더욱 깊어졌다.

주말에는 특별히 큰아이의 적응을 위해 공연을 할 소극장에 가서 연습을 하기도 했다. 아무도 없는 객석에 혼자 앉아서 남편과 둘째가 반주를 의논하고 함께 장난치며 웃기도 하는 모습을 지켜보았는데, 마치 영화의 한 장면처럼 아름다웠다. 카메라를 들이대고 찍으면 그대로 작품이 될 거 같았던 아빠와 아들의 행복한 투샷은 내 마음속에 뭉클하게 남았다.

## 상상하지 못했던 일들이 펼쳐지는 인생

모험으로 시도했던 소극장 공연은 예상치 않게 아주 성공적이었다. 일찍 가서 리허설을 하고 순서를 기다리는 시간이 길어, 큰아이가 행여 짜증 내고 노래를 제대로 못할까 봐 나는 하루 종일 마음을 졸였다. 그러나 아빠와 동생과 함께여서 그랬는지 아이는 힘든 스케줄 속에서도 큰 실수 없이 무대를 잘 마쳤다.

고민 끝에 선곡했던 노래들은 큰아이의 부드러운 목소리와 잘 어울렸다. 또 가족이 함께 무대에 선 경우는 우리밖에 없어서 나중에 '가족밴드'라는 이야기를 듣고 깜짝 놀라는 사람들이 많았다. 이날의 공연을 계기로 이후에 민준이네 가족밴드는 더 다양한 무대에 서며 좋은 반응을 얻었다. 함께여서 누구보다도 우리가 행복했고, 우리로 인해 다른 사람들에게 감동을 줄 수 있어서 또 행복했다.

내 마음과 내 계획대로만 되면 얼마나 좋을까마는 살아보니 인생은 절대로 그렇게 굴러가지 않는다. 예전에는 내가 원하지 않는 상황이 펼쳐질까 두려워하고 계획대로 되지 않으면 불안했는데 이제는 내 맘대로 되지 않는 인생의 다양한 변수들을 다른 시각으로 바라볼 수 있게 되었다. 장애가 있는 큰아이가 노래를 하고, 수줍음 많은 남편이 무대에 서고, 형을 미워하던 둘째가 함께 연주하는 '가족밴드'라니 누가 상상이나 했겠는가. 그 상상하지 못했던 일이 눈앞에 펼쳐지니 인생이 참 재미있다는 생각이 든다.

## 걸림돌에서 디딤돌로

소극장 무대에 둘째가 함께 해주어서 참 고마웠지만, 막상 공연이 끝나고 나서는 아이의 속상함을 오래오래 들어주어야 했던 비하인드 스토리가 있다.

5살 때부터 피아노를 치기 시작해 10년 가까이 피아노를 배우고 있던 둘째는 그 무렵 피아노 실력에 정체기가 오면서 한동안은 집에 오는 손님들 앞에서도 연주하기를 싫어했다. 그런데 웬일로 부담스러운 무대에 서겠다고 했으니 깜짝 놀랄 일이었다.

알고 보니 피아노 선생님을 바꾸고 실력이 늘면서 생겨난 자신감이 그즈음 있었던 교회의 재능발표회를 통해 하늘을 찌를 듯 충전된 탓이었다. 쇼팽의 곡을 훌륭하게 소화한 둘째의 연주를 듣고 교회 식구들이 칭찬을 아끼지 않았고, 그래서 소극장 무대 역시 피아노 실력으로 칭찬을 받으리라 기대했던 마음이 컸던 모양이었다.

그러나 내 맘대로 되지 않는 인생의 법칙을 아이는 열다섯 살에 맛보았다. 세 남자가 리허설 할 때만 해도 괜찮았는데 다른 팀들이 연습하면서 무대가 좁으니 건반을 옮겨야 했고 그 과정에서 페달의 전원 코드가 빠져버렸다. 세심하게 챙겨주는 스텝이 없는 상황에서 무대가 처음인 아이는 확인할 생각을 못 했는데, 막상 시작된 공연에서 건반 소리가 이상하다는 걸 남편과 나, 둘째 아이 모두가 알았어도 어찌할 도리가 없었다.

우리 가족의 공연이 끝나고 원인이 파악되자 아이는 무대에 다시 서게 해달라고 고집을 피웠다. 열다섯 살 아이다운 순진한 발상이었다. 우리 뒤로도 무대에 올라야 할 팀들은 한참 남아 있었고, 예상보다 공연 시간이 길어져 기다리던 아이들이 힘들어하던 참이었다. 둘째의 실력을 아는 우리는 무척 아쉬웠지만 다른 사람들은 건반에 문제가 있었는지조차 몰랐다. 오늘은 처음이니 이 정도만으로도 잘한 거라고, 다음번에도 이런 일이 생기면 어떻게 해야 할지 배우면 된다고 아이를 타일렀다.

하지만 아이의 속상함은 당일로 끝나지 않았고, 며칠 동안 지속되었다. 내가 초대한 몇 명의 지인들이 형한테만 꽃다발 주고 자신한테는 안 줬다고, 다들 아빠한테만 와서 정말 좋았다고 했다며 아무도 자신에게 관심을 보이지 않은 것을 또 속상해했다. 처음에는 이렇게 저렇게 좋은 말로 달랬지만, 그래도 불평이 계속되자 나중에는 나도 화가 나서 열다섯 살 아이와 똑같은 수준으로 소리 지르는 상황까지 연출되었다.

"그래서 뭐? 공연 다 끝났는데 이제 와서 어떡하라고!!!"

씩씩거리며 속으로 생각했다.

'사춘기 아들한테 이런 부탁을 하는 게 아니었어……. 내가 다시는 너한테 피아노 반주 부탁하나 봐라.'

그러던 어느 날 좋은 소식을 전해 듣게 되었다. 경기북부장애인가족지원센터의 관계자분들이 공연에 오셨다가 우리 가족을 보고 좋았다며, 가을에 있을 행사에 섭외하고 싶다는 뜻을 전한 것이다. 감사한 마음으로 그곳의 실장님과 통화를 했다.

"민준이 어머니, 그날 공연 아주 좋았어요. 센터장님이 저하고 같이 가셨었는데 비장애 형제가 함께 공연하는 모습이 정말 감동적이라고 이번 행사에 꼭 섭외하라고 말씀하셨어요."

다른 분들이 주로 큰아이와 남편에 대해서 관심을 보였던 것에 반해 매우 이례적이었다. 아무래도 장애인 가족을 지원하는 곳이다 보니 어려움을 겪는 비장애 형제들을 많이 보아서 그런 것 같았다.

집에 돌아가서 나는 둘째에게 말했다.

"준하야, 지난 공연에 오셨던 분들이 우리 가족을 보고 좋았다며 행사에 초대해주셨어. 그런데 아빠와 형 이야기는 한마디도 안 하더라. 너의 피아노 실력과 상관없이 비장애 형제인 네가 무대에 함께 있는 모습 자체가 정말 감동적이었대. 이번 공연은 오로지 너 때문에 섭외받은 거야."

둘째는 많이 놀란 것 같았다. 처음에는 아무 말이 없다가 몇 시간 뒤에 와서는 이렇게 이야기했다.

"엄마, 가만히 있으면 사람들이 다 알아주는 건데 제가 너무 앞서서 속상하다고 그랬나 봐요. 엄마도 괴롭혀드린 거 같아서 죄송해요."

이날 이후로 둘째아이는 많이 달라졌다. 큰아이에 대한 마음이 바뀌고, 대하는 태도도 달라진 것을 눈치챌 수 있었다. 나와 남편이 함께 나가야 해서 둘째에게 형을 부탁하는 일이 일년에 몇 번 있었는데, 툴툴거리던 모습이 사라지고 걱정 말고 잘 다녀오시라고 말하기 시작했다. 주변 사람들에게 형을 '우리 집 보물'이라고 소개하기 시작한 것도 이때부터였다.

또 두 번째 공연을 준비하면서부터는 자신을 드러내고 싶은 마음도 내려놓는 철든 모습을 보였다. 피아노 실력을 돋보이게 하는 어떤 것을 제안했다가도 분위기상 맞지 않다고 하면 금방 수긍하고 받아들였다. 내가 중심이 아닌 전체를 위한 그림자 역할도 기쁘게 할 수 있는 마음을 가족밴드를 통해 아이는 조금씩 배워가고 있었다.

경기북부장애인가족지원센터의 공연 당일, 야외 공연을 축하하는 듯 가을 날씨는 맑고 화창했다. 무대는 넓었고 음향 또한 어찌나 빵빵한지 여러모로 만족스러웠던 무대였다. 토요일 아침 일찍부터 바쁘게 움직여야 했지만, 우리 가족의 노래를 듣고 싶어 하는 사람들이 있고, 그들과 함께 즐길 수 있다는 건 참으로 기쁘고 뿌듯한 경험이었다. 더불어 가족밴드를 통해 비장애 형제인 둘째가 성장하는 걸 지켜보면서 큰아이의 장애가 걸림돌이 아닌 디딤돌이 될 수 있음을 깨달은 귀한 시간이었다.

# #생일을 맞은 형에게

To. 민준이 형

민준이 형. 16번째 생일을 축하해!

민준이 형 덕분에 많이 웃고, 행복했어.

요즘 들어 민준이 형의 변화를 많이 본 것 같아.

하나님의 일하심이 보이는 것 같아.

다시 한번 생일을 축하하며 앞으로도 행복한 가정 만들어줘!

2017. 2. 27. From 귀여운 남동생 준하.

To. 민준이 형

민준이 형, 19번째 생일을 진심으로 축하해!

벌써 민준이 형이 스무살이 되어 성인이 되었네.

나와 16년을 함께 살아오면서 많이 어렵고, 힘든 일도 많이 있었지만

지금까지 나의 형으로서 내 곁을 지켜줘서 참으로 고맙고 감사해.

형이 성장하면서 말도 많이 늘고,

집중력도 많이 자란 모습을 보면서 깜짝깜짝 놀라고 있어.

또 최근에는 나하고 아빠하고 함께 공연한 모습이

많은 장애인 가족들에게 큰 힘이 되는 것 같아서 형이 너무나 자랑스럽다.

하루하루 살아가면서도 민준이 형이 얼마나 발전했는지 돌아보며 놀라고,

이후에도 어떻게 발전해갈지,

하나님께서 형을 어떻게 쓰실지 기대하며 미소를 짓곤 해.

앞으로도 하나님의 자녀로서, 나의 형으로서, 우리 가족의 보물로서

꿋꿋이 그 자리를 지키며 하나님의 영광을 드러내줘!

♬ 형을 통해 하실 일 기대해 ♪

2020. 2. 27. From '귀여운 남동생' 준하가.

To. 민준이 형

민준이 형, 스무 번째 생일을 진심으로 축하해!
어느덧 민준이 형도 이십 대의 어엿한 청년이 되었구나.
지금껏 자라오면서 여러 가지 우여곡절도 많았지만
그 어려움들을 모두 이겨내고 반듯하게 자라주어 고마워!
최근 들어 노래도 하고, 피아노도 배우고, 색소폰도 배우고 등산도 하는 형을 보면서
정말 다재다능한 형이라는 생각이 드는 중이야.
선생님들, 교회 식구들, 가족들 모두에게 사랑받는 민준이 형.
엄마가 민준이 형과의 일상을 인스타그램에 올리면서
많은 사람들에게 선한 영향력을 끼치게 해주어서 고마워.
그 글을 읽을 때마다 우리 가족이 정말로 특별한 가족이고,
이 가족의 둘째 아들로 태어난 것이 참으로 큰 축복이며 얼마나 기쁜 일인지를
새삼 계속 깨닫게 되는 것 같아.
또 앞으로 하나님께서 우리 가족과 민준이 형을 어떻게 쓰실지
정말 궁금하고 기대가 무척 돼.
언제나 지금처럼 밝게 웃고, 인사도 잘하고, 물건도 잘 정리하고,
순수한 형으로 남아서 하나님의 영광을 드러내는 데 사용되길 기도할게!

2021. 2. 27. From '귀여운 남동생' 준하.


To. 민준이 형

민준이 형 22번째 생일 축하해!
지난 1년도 나의 형으로서 곁에 있어줘서 고마워.
힘들었던 고3 시절 형이 귀찮을 때도 있었지만
그래도 형의 발전을 볼 수 있어서 다시 웃고 도전할 수 있었던 거 같아.
색소폰 연습도 열심히 해서 정말 많이 늘었고
어떤 심부름이든 잔말 없이 너무 열심히 잘 해주는 모습 정말 본받고 싶어.
이제는 내가 대학생이 되어 기숙사에 가게 되어서 많이 보긴 힘들겠지만
그래도 자주 올라갈게!
언제나 형의 자리에서 최선을 다하고 있어줘~ 파이팅!!

2023. 2. 27. From 많이 보고 싶을 동생 준하

## 색소폰과 Big Picture

색소폰 레슨을 시작하게 된 것은 몇 년 전 큰아이를 데리고 발달장애인을 대상으로 하는 관악기 오케스트라 오디션을 본 것이 계기였다. 지자체가 지원하는 오케스트라여서 여러 가지로 혜택이 있는 좋은 기회라는 지인의 권유가 있었다. 당시 아이는 바이올린과 피아노를 배우고 있었고 관악기는 배운 적이 없었다. 초보여도 상관없다고 해서 오디션을 봤는데 결과는 아쉽게도 낙방이었다.

오디션에 다녀온 후로 많은 생각이 들었다. 아이는 6학년 때 오케스트라 활동을 하면서 바이올린을 시작했지만 그 활동은 1년을 채우지 못했다. 바이올린 레슨은 쉬었다 다시 하기를 반복하면서 이후에도 몇 년을 더 지속했지만 생각만큼 실력이 늘지 않았다. 게다가 힘든 건 음악적인 소양이 아주 부족한 내가 아이를 연습시키는 일이었다.

아이가 오케스트라 활동에 다시 참여하면 좋겠다는 바람이 생기면서 악기도 새롭게 고민을 하게 되었다. 이번에는 현악기보다는 관악기를 시도해보는 게 어떨까 싶었다. 관악기 중에서 어떤 걸 하는 게 좋을지 고민하며 남편에게 '클라리넷'이 어떠냐고 물었는데 의외의 대답이 흘러나왔다.

"관악기는 색소폰이 멋있지."

"······글쎄요."

색소폰은 나에게 생소한 악기여서 망설여졌다.

"내가 옛날부터 색소폰 배우고 싶었는데······ 민준이 가르치면서 이참에 나도 같이 배워볼까?"

큰 결심을 했다기보다는 남편은 그냥 해본 소리인 것 같았다. 그런데 이 말을 듣고 나자 갑자기 내 머릿속에 큰 그림이 그려지며 머리가 빠르게 돌아가기 시작했다.

'남편이 같이 배우면 괜찮겠네. 그러면 레슨 받으러 갈 때도 남편이 데리고 가고, 연습도 남편이 시키면 되고, 수준이 좀 오르면 둘이 같이 오케스트라 활동을 하고. 그거 참 좋겠다!'

남편의 마음이 바뀔세라 얼른 이렇게 부추겼다.

"그래요. 민준이랑 같이 배워봐요. 내가 선생님 알아볼게요."

나의 흔쾌한 대답 속에 이런 밑그림이 있는지 남편은 까맣게 몰랐을 것이다.


그렇게 시작된 남편과 아이의 색소폰 레슨이 3년이 넘었다. 나의 큰 그림은 적중했다. 현악기의 깽깽대는 소리 자체를 싫어하는 남편은 아이가 바이올린을 배우는 수년 동안 악기를 거의 만져본 적이 없었고 아이의 연습에도 관심이 없었다. 지금은 상황이 역전됐다. 나는 색소폰을 제대로 만져본 적이 없고,

조립도 할 줄 모르며, 아이의 연습은 오로지 남편이 책임진다. 이렇게 큰 짐 하나를 나는 덜었고, 아이의 교육에 남편은 자연스럽게 깊숙이 들어오게 되었다.

좋은 건 그뿐만이 아니었다. 50대에 접어든 남편이 노후에 열정을 쏟을 만한 일을 만나게 된 것이다. 예상하지 못했던 일이다. 성실한 남편은 거의 매일 1시간 이상 색소폰 연습을 한다. 폐활량이 좋은 남편에게 관악기는 알고 보니 참 잘 맞는 악기였다. 한 달밖에 안 되었을 때도 일 년 정도 배운 소리가 난다며 선생님은 감탄을 했고, 일 년이 지나자 삼 년쯤 배운 사람들이 연습하는 어려운 곡을 연주할 수 있게 되었다.

## 들숨과 날숨

큰아이는 처음에 색소폰 레슨 선생님을 만났을 때 들숨과 날숨을 구분하지 못했다. '후~' 하고 바람을 내쉬어보라고 하는데 자꾸 '흡~' 하고 들이마셨다. 숨을 내쉰다는 것이 뭔지도 모르는 아이를 데리고 호흡을 내뱉는 게 기본인 관악기를 가르쳐보겠다는 야심 찬 계획을 세웠다는 사실을 뒤늦게 알았다.

이렇게 기본적인 것도 안 되는데 언제, 어떻게 이 악기를 배울 수 있을까? 몇 개월 하다 도저히 안 되겠다 하고 그만두게 될 수도 있을 것 같았다. 하지만 색소폰 선생님은 아이의 상태를 보고도 나만큼 절망하지 않으셨다.

선생님은 처음에는 오로지 숨을 내쉬는 것만 가르쳐주셨다.

"민준아, 후~~ 하고 숨을 내쉬어봐."

"흡~~~"

"아니야. 다시 해보자. 민준아, 후~~~~"

"흡~~~"

도돌이처럼 반복되는 그 모습을 지켜보며 나는 답답했다. 하지만 이렇게 하다 어느 순간 아이가 숨을 내쉬게 되고 멋지게 색소폰을 부는 모습을 혼자 상상해보기도 했다. 만약 그렇게 된다면 이 과정은 찍기만 해도 그대로 감동 다큐라는 생각도 들었다.

3개월이 지나자 정말 안 될 거 같았던 그 '내쉬기'가 조금씩 되기 시작했다. 처음에는 10번에 1번 되다가 횟수가 조금씩 늘었다. 이후에 운지를 배우고, 한 옥타브 올린 키와 반음 키도 배우면서 정식 연습곡에 들어가게 되었는데 예상외로 아이가 내는 소리가 참 예뻤다.

## 색소폰 레슨은 여전히 진행 중

큰아이는 음악 영재도 아니고 서번트 증후군도 아니다. 하지만 자신이 가진 능력 안에서 최선을 다하며 조금씩 발전하는 모습을 보인다. 아이에게 악기를 가르치는 일은 돈과 시간과 에너지가 드는 일이다. 하지만 그 과정을 통해 아이는 매일 연습하고 집중하는 것을 배운다. 집에 오는 손님들 앞이나 교회 등에서 연주도 하면서 다른 사람들과도 관계를 맺어간다.

남편과 아이의 연습 시간은 처음 5분으로 시작했는데 지금은 30분에서 1시간까지 늘어났다. 이 과정에서 밀고 당기며 아이를 다루는 남편의 기술도 함께 늘었고 부자 사이의 끈끈함과 신뢰도도 높아졌다.

아이의 색소폰 연주 실력이 어디까지 성장할 수 있을지는 사실 아무도 모른다. 숨을 내쉬지도 못했던 아이가 여기까지 온 것만도 작은 기적인데, 레슨을 받다 보면 매일 새로운 벽에 부딪힌다.

악기를 연주하는 것은 운지를 하고 소리 자체를 내는 것뿐만 아니라 작은 소리, 큰 소리, 부드러운 소리, 끊어내는 소리, 이어지는 소리 등을 섬세하게 구분하여 표현해야 한다. 새로운 과제를 만날 때마다 과연 이건 극복할 수 있을까 생각이 든다. 그러나 분명한 것은 '잘 안 되겠지, 시간이 많이 걸리겠지' 하던 것들을 생각보다 빠른 시간 안에 큰아이가 이루어왔다는 사실이다.

그래서 색소폰 레슨은 여전히 진행 중이다. 나의 빅 피처 아래 남편과 큰아이는 방음부스 안에서 오늘도 열심히 아름다운 화음을 만들기 위해 애쓴다.

# 완벽하지 않아서 멋진 무대

큰아이가 다니던 방과후센터가 원장님의 개인 사정으로 운영을 중단한 적이 있었다. 아이가 색소폰을 배우고 있다고 하니 예전부터 원장님께서 아이의 연주를 다른 친구들에게 들려주면 좋겠다고 말씀하셨는데 기회가 없었다. 마지막 수업이 있던 날, 노래와 색소폰 연주로 짧은 공연을 하기로 하고 남편과 함께 센터에 갔다.

색소폰을 배운 지 1년이 조금 넘은 때였는데 이날은 큰아이가 무대에서 처음으로 색소폰을 연주한 날이었다. 독주뿐 아니라 아빠와 이중주까지도 선보이겠다는 욕심을 부린 날이기도 했다. 2부로 나누어 이중주를 선보인 '캐논 변주곡'은 연습한 지 얼마 되지 않은 곡이었다. 세컨드 파트를 연주하는 아이는 멜로디 소리를 따라가지 않고 자기 페이스를 지켜야 했는데 한 번도 해본 적이 없는 어려운 일임에도 생각보다 썩 잘했다.

그런데 세 곡을 내리 연주하다 보니 힘들었는지 색소폰 연주를 하다가 중간에 아이가 갑자기 멈추는 일이 생겨버렸다. 객석에서 지켜보던 나는 몹시 당황했다. 놀라운 것은 아이 옆에 서 있던 남편의 반응이었다. 예상치 못한 이런 돌발 상황에도 남편은 전혀 당황하지 않고 마치 집에서 연습하던 때인 양, 연주해야 할 부분을 손가락으로 짚어주었고 그 부분부터 다시 함께 시작하는 게 아닌가. 아이가 실수할까 봐 함께 무대에 서는 것 자체를 꺼려하고 싫어했던 그 남편이 맞나 싶었다.

연주가 끝나고 이어서 아이의 노래가 시작되었다. 첫 곡은 '내 모습 이대로'라는 노래였다. 첫 소절부터 감탄을 하던 원장님은 어느 순간부터 훌쩍거리기 시작했고, 그 눈물은 노래가 끝날 때까지 계속되었다. 소극장에서 공연할 때도 이 노래를 듣고 울었다는 사람들이 많았는데 직접 눈앞에서 그 광경을 보게 되니 나는 적잖이 놀랐다. 공연이 끝나고 원장님은 "제 모습 그대로 사랑한다고 하나님께서 저에게 말씀하시는 거 같았어요."라고 고백하셨다.

또 무대에 선 아이의 자연스러운 모습이 너무 좋았다고도 했다. 아이의 무대를 볼 때마다 제발 좀 앞만 보고 정숙하게 노래할 수 없을까를 매번 생각했던 나를 무안하게 하는 이야기였다. 산만하고 어설픈 그 모습이 더 감동이라고 하시니 할 말이 없었다. 사실 이 이야기를 처음 듣는 건 아니었다. 이전에 했던 다른 공연들에서도 아이의 자연스러운 모습이 참 보기 좋고, 완벽하지 않은 무대임에도 그와 상관없이 깊은 감동을 받았다는 이야기를 수차례 들었다.

돌아보니 나는 처음 아이를 무대에 세울 때부터 여러 해가 지난 지금까지도 아이가 반듯하게 잘하는 모습만을 사람들에게 보여주고 싶어 했다. 그래서 아이가 가사를 바꿔 부르면 동영상을 찍다가도 안타까워서 내 목소리가 튀어나왔고, 손짓이나 시선이 조금만 산만해져도 뛰어나가 바로잡아주고 싶은 마음을 억누르느라 힘들었다.

하지만 이날부터 나는 마음을 바꾸기로 했다. 무대에서 보이는 아이의 손짓, 음 이탈, 가사 바꿔 부르기 등 '누가 누가 잘하나' 대회라면 감점 요인이 될 수밖에 없는 것들을 오히려 사랑하기로 마음먹었다. 이런 부분들이 아이의 무대를 빛나게 하고, 큰아이만이 보여줄 수 있는 독특한 무대임을 인정하기로 했다.

모든 무대가 완벽해야 할 이유는 없었다. 그럼에도 프로 음악인들만큼이나 실수 없고, 깔끔하고, 완벽한 무대를 보여주기를 바라는 마음이 내게도 있었음을, 그래서 은근히 그것을 강요해왔음을 마음 깊이 깨닫고 반성하게 되었다.

아이의 무대를 사랑스럽게 보기로 결심하자 마음이 아주 푸근해졌다. 그것은 완벽하지 않은 나 자신도 스스로 더 너그럽게 수용하고, 또 부족한 나를 다른 누군가도 넉넉하게 받아주는 것 같은 느낌이 들었기 때문이다.

완벽하지 않지만 멋진 무대, 아니 완벽하지 않아서 더욱 멋진 무대. 어쩌면 우리 모두에게 필요한 무대는 바로 그것인지도 모르겠다.

# 엄마는 무대에 안 서요?

민준이네 가족밴드의 공연을 본 사람들은 하나같이 저렇게 물었다. 솔직하게 말하면 나는 살짝 음치에 박치다. 가정예배를 드리면서 함께 찬양을 하다 보면 남편은 억지로 웃음을 참고, 둘째는 대놓고 웃는 때가 한두 번이 아니었다.

가족밴드가 부를 노래를 고르다보면 드럼이 필요한 곡이 많았다. 애는 둘밖에 없는데 각자 역할이 이미 정해졌으니 할 수 없이 나라도 배워야겠다 했던 때가 있었다.

큰맘 먹고 남편한테 물었다.

"내가 드럼을 배우면 어떨까?"

남편은 끝까지 대답을 하지 않았다.

우리 집 가족밴드의 공연을 보고 어떤 분께서 남편을 붙들고 이야기하더란다.

"가족밴드에 베이스 기타가 더해지면 참 좋겠네요. 민준 어머니께서 하시면 어때요?"

남편은 웃으며 이렇게 말했다고 한다.

"그건 안 될 거 같아요."

## 엄마는 매니저

공연을 하려면 준비할 게 참 많았다. 일정도 조율하고, 밴드 구성원들을 다독여 연습 일정도 잡고, 미장원은 예약해서 미리 다녀오고, 깔끔한 의상도 준비하고, 흰머리 있는 남편은 염색도 시키고, 초대할 손님들에게도 일일이 연락하고…….

가만 보니 이런 게 다 매니저 역할이 아닌가 싶었다. 그래서 언제부턴가 '나는 매니저이고, 그러니 무대에 안 서도 된다'고 가족들에게 공표했는데, 어느 날 둘째가 진지하게 나에게 말했다.

"엄마, 근데 매니저는 짐도 날라야 돼. 우리 밴드는 무거운 짐은 남자들이 다 들고, 엄마는 항상 가벼운 것만 들잖아."

"뭐?"

아니, 아무리 그래도 그렇지 건장한 남자 셋을 두고 내가 무거운 키보드를 들고 다닐 수는 없지 않은가. 더군다나 우리 집은 엘리베이터도 없는 3층인데!

## 이쁘고 뻔뻔한 매니저

어느 토요일이었다. 모 대회에 보낼 영상을 찍기 위해 연습실을 빌렸다. 밴드원들이 연습을 하다 말고 이것저것 요구 사항들을 말했다. 목마르다, 배고프다…….

"어머, 어떡하니? 매니저가 생수 한 병도 안 챙겨 갖고 왔네.

미안.” 했더니

“매니저가 화장하느라 간식도 안 챙겨 오고…….”

“근데 당신은 왜 이쁜 옷 입은 거야? 영상에 나올 것도 아닌데…….”

둘째와 남편의 불만이 연달아 터져나왔다.

“왜요? 매니저가 좀 이쁘게 하고 오면 안 돼요?”

화창한 가을날이 시작된 지 며칠 되지도 않아 갑자기 기온이 뚝 떨어지는 바람에 겨울이 올 거 같은 날씨였다. 도둑맞은 듯 계절이 지나가버리는 게 아까워서 가을 원피스를 꺼내 입었고, 쌩얼이 너무 안 어울려 오랜만에 화장을 좀 한 게 화근이었다.

연습이 끝난 후 저녁까지 먹고 집에 도착하니 깜깜한 데다 밤 기온이 떨어져 많이 추웠다. 차에서 내리며 얼른 집으로 들어가려다 옮겨야 할 짐(기타, 키보드, 보면대, 악보, 스피커 등)이 많은 게 생각나서 다시 발길을 돌렸다.

“내가 짐 옮기는 걸 잊고 그냥 집으로 들어갈 뻔했어.”

하니 둘째가 말했다.

“엄마, 매니저는 짐도 혼자서 다 옮겨야 한다니까. 가수는 원래 이런 거 안 해.”

“근데, 이 매니저는 좀 이쁘잖니…….”

남편과 둘째 아이의 깔깔대는 웃음소리가 주차장에 가득 울려 퍼졌다.

“그 매니저 뻔뻔한 건 인정!!!!”

엄마 매니저는 가수와 연주자들 연습도 막 시키고, 곡도 맘대로 정하고, 무대에 오를 것도 아니면서 공연 당일 미장원도 다녀온다. 가족밴드 공연하고 촬영하는 날은 정말 기쁜 날이니까 매니저도 함께 누린다.

사실 엄마 매니저 덕분에 밴드도 결성하고, 공연도 하는 거니 매니저가 이 정도는 해도 되지 않을까?

# 민준이네 가족콘서트에 초대합니다

엄마 매니저는 또 일을 벌였다. 남들과 같이 서는 무대 말고 '우리 집 가족밴드만으로 콘서트 무대를 꾸며보면 어떨까' 생각한 것이 발단이 되었다. 가족콘서트에 대해 긍정적인 반응을 쏟아내는 주변 사람들의 권유도 기폭제가 되었다.

심사숙고해 콘서트를 진행할 장소를 물색하고, 남편을 대동하고 답사를 갔다. 도심과 그리 멀지 않으면서도 콘서트에 어울리는 아담하고 분위기 있는 작은 공연장이었다. 남편은 장소는 마음에 들어 했지만 콘서트를 하는 것은 내내 내켜하지 않는 눈치였다. 하지만 장소 임대료를 입금하기 위해 마지막으로 의견을 묻자 남편도 결국은 마음을 내어주었다. 일은 일사천리로 진행되어 40여 석을 메울 손님까지 금세 예약이 끝났다.

콘서트가 일주일 앞으로 다가오니 예상치 못했던 중압감이 밀려왔다. 자신감 하나로 밀어붙였는데 우리 가족의 콘서트가 과연 사람들로부터 좋은 호응을 얻을 수 있을지, 당일 큰아이의 컨디션은 괜찮을지 불안한 생각들이 스멀스멀 올라왔다. 오케이를 하기는 했지만 계속 부담감을 안고 있는 남편의 불편한 심기도 내가 감당이 될지 걱정은 순식간에 눈덩이처럼 불어났다. 게다가 나는 매니저 역할에 더해 사회자로 콘서트 진행까지 맡아야 했는데 마음속 짐의 무게가 만만치 않았다.

　모두가 휴가를 떠난 7월 마지막 주 토요일 오후. 약속한 손님들 대부분이 자리해주셨다. 전문 음악가의 콘서트는 아니지만 최선을 다한 우리 가족의 공연과 이야기에 청중들은 때로는 눈물을, 때로는 박수를 치며 호응했다.

　민준이와 남편의 노래, 색소폰 연주 그리고 준하의 피아노 연주까지 나의 진행과 어우러져 무사히 마무리되었다. 아빠와 엄마, 그리고 장애가 있는 큰아들과 고3 둘째 아들이 함께한 조금 특별한 가족콘서트는 그 모습 자체만으로 큰 감동이었다고 콘서트를 보고 난 관객들은 귀띔해주었다.

　이번 콘서트는 40석밖에 안 되는 공연장이어서 주변 사람들에게 미처 다 알리지 못했다. 뒤늦게 이미 좌석이 다 찼다는 이야기를 들은 지인들은 서운함과 아쉬움을 표현하기도 했다. 이들을 생각하면 더 큰 무대를 다시 마련해야 하지만 매니저인 내가 그 엄청난 중압감을 또 이겨낼 수 있을지, 또 가족밴드의 리더이자 연주자인 남편을 잘 꼬실 수 있을지 아직은 미지수다. 다행스럽게도 둘째 아이는 우리 같은 불안과 걱정이 없다. 그래서 또 하자고 성화다.

　소망하기는 우리 부부가 누구보다도 건강한 자존감과 자신감을 가지고, 우리 가족의 노래와 연주를 당당하게 보여줄 수 있었으면 좋겠다. 남들의 시선과 평가가 아니라, 나 자신의 기쁨과 감사가 가장 중요하니까. 그리고 우리 가족의 행복한 모습 그 자체만으로도 이미 완벽하니까 말이다.

매니저로서 나의 역할은 여전히 진행 중이다.

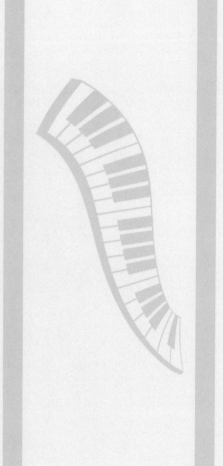

Part 4.

찬란한 날들

# 아름다운 공동체

우리 가족이 속해 있는 교회는 10년 전부터 함께하고 있는 곳이다. 처음 왔을 때 교회에는 25가정 정도 있었는데 장애아이가 있는 가족은 우리뿐이었다. 당연히 사랑부(장애인 부서)도 없고, 교회 지체들 중에서는 발달장애아이를 가까이서 보는 게 처음인 경우도 많았다. 큰아이가 사람들과 어울리는 걸 좋아하고, 폭력성이 있거나 한 건 아니어서 이런 작은 교회에서라면 잘 지낼 수 있지 않을까 했지만 불안한 마음이 전혀 없었던 건 아니었다.

아이는 처음에는 우리와 함께 예배를 드렸다. 이 교회는 초등학생 이상의 자녀들이 어른들과 함께 예배를 드리는 게 큰 특징 중 하나다. 주일학교가 없고, 부모와 자녀가 함께 같은 설교 말씀을 듣는다. 큰아이의 경우는 막상 해보니 자신의 눈높이에 맞지 않는 설교를 60분 이상 들으며 얌전히 자리에 앉아 있는 걸 아주 힘들어했다.

함께 예배를 드리기 위해 아이를 훈육하며 몇 개월 애써보았지만 역부족이었다. 생각다 못해 교회에 유일하게 분리돼 있는 예배부서인 유아·유치부반(3세~7세)에 아이를 보내기로 마음먹었다.

그 결정을 내리고 처음 교회에 알렸을 때 좋은 반응만 있지는 않았다. 교사들 중에서도 난색을 표하는 사람들이 있었고, 유아·유치부에 아이를 보내는 딸아이 부모 중에서는 괜한 걱정을 비치기도 했다. 그렇지만 다른 대안이 없었고, 일어나지 않은 일을 미리 걱정해서 아무 시도도 안 할 수는 없었기에 어린 아이들 틈에 초등 5학년이었던 큰아이를 넣었다.

처음 1~2년은 아이가 예배 시간에 일어나 시각적으로 눈에 띄는 물건들을 정리하기도 하는 등 때때로 예배를 방해하기도 했고, 교사가 자리에 앉기를 지시해도 말을 듣지 않을 때도 많았다.

하지만 시간이 지나면서 이런 행동은 학교와 더불어 교회에서도 점차 좋아졌다. 학교에서는 수업 시간과 쉬는 시간을 구분하며 정리하고 싶은 물건이 있어도 수업 시간에는 참았다가 쉬는 시간에 하는 것으로 바뀌었고, 자연스럽게 교회에서도 예배 시간에는 일어나지 않게 되었다.

## 교회의 마스코트

이런 과정들을 거쳐 10년이 흐른 지금, 큰아이는 어떤 모습으로 교회 생활을 하고 있을까?

아이는 교회의 마스코트가 되었다. 교회에 처음 오는 분들께 가장 먼저 달려가 인사를 건네는 사람이 바로 큰아이다. 낯선 교회에서 서먹서먹하고 어색하기 짝이 없는 그 순간에 얼굴에 웃음을 가득 띤 청년이 다가와서 반갑게 "안녕하세요"하고 인사를 해주니 얼마나 고마웠는지 모른다는 이야기를 자주 듣는다.

얼마 전에는 외부 목사님을 초빙해서 주일 말씀을 들었는데 이 교회에 처음 오는 분이셨다. 아이는 주보를 한 번 쓱 보면서 그날 말씀을 전하실 목사님의 성함도 눈여겨보았던 모양이었다.

"000목사님! 안녕하세요!!"

처음 보는 목사님께 갑자기 큰 소리로 인사를 하는 큰아이 때문에 당사자를 비롯해서 주변에 있던 사람들이 다들 깜짝 놀랐지만, 아이의 순수한 모습은 모두의 얼굴에 미소를 안겨주었다.

뿐만 아니라 큰아이는 예민한 시지각으로 주일마다 120여 명의 성도들을 한눈에 스캔하며 누가 예배에 참석했는지, 안 했는지를 파악한다. 집에 가는 길에 꼭 000형제님, 000자매님 그리고 아이들의 이름을 불러대곤 하는데 잘 살펴보면 놀랍게도 그날 예배에 빠진 사람들의 이름이다.

"오랜만에 교회에 가면 민준이가 저 멀리서도 알아보고 어쩜 그리 큰 목소리로 내 이름을 부르는지…… 제가 다 민망할 지경이에요. 민준이 때문에 내가 교회에 빠지지 말아야겠다고 다짐하게 돼요."

어느 자매님의 고백이었다.

## 공동체에서 누리는 안정감과 편안함

초등 5학년 때부터 붙박이로 유아·유치부에 출석하다 보니 교회에 처음 오시는 분들은 "저 학생은 누구예요? 보조교사예요?"하는 질문을 던지곤 했다. 처음 몇 번은 이런 이야기를 들으면 당황해서 손사래를 쳤다.

8살이 되면 졸업을 하는 유아·유치부에서 큰아이가 더 나이를 먹고 청년이 되어도, 어린 동생들과 함께할 수 있을까 남몰래 걱정하기도 했던 때였다. 그런데 큰아이는 20대가 되면서 정말로 보조교사의 역할을 넉넉히 할 수 있는 의젓함을 갖추게 되었다.

지난해 2박 3일로 진행되었던 교회 컨퍼런스의 유치 캠프에서는 교사들이 큰아이를 보조교사로 임명하고 어린 동생들에게도 형이나 오빠가 아닌 '강민준 선생님'으로 소개하며 역할을 맡겨주었다.

동생들 데리고 화장실 다녀오기, 건물 밖에 있는 놀이터 갈 때 아이들 손잡고 데려가기, 낮잠 시간에 동생들 토닥토닥해주기, 공과 자료 가위로 오리기 등 소소하지만 충분히 도움이 될 수 있는 일들을 하게 해주었고, 아이는 즐겁고 기쁘게 그 역할들을 감당했다.

컨퍼런스 첫날, 저녁 식사를 앞두고 유치부 캠프 장소로 큰아이를 데리러 갔을 때였다. 장년 프로그램을 끝낸 부모님들이 유치부 아이들을 개별적으로 찾아가는 혼잡한 상황이었는데 아이가 그곳에 없었다. 화장실에 가진 않았나, 혹시 주변에 있나 하고 봤지만 찾을 수가 없었다. 지금까지 한 번도 없던 일이라 당황스러웠고, 처음 온 장소이기도 해서 살짝 걱정도 되었다.

한참을 찾다가 혹시나 하고 저녁 식사를 하는 식당으로 내려가 보았다. 교회 식구들 사이에서 아무렇지 않게 줄을 서고 배식을 기다리는 아이를 발견했다. 소극적이고 자율성이 떨어지는 큰아이의 성향을 생각할 때 깜짝 놀랄 반전이었다.

아이를 챙기려면 새치기를 해야 할 상황이었는데 큰아이 바로 뒤에 서 있던 자매님께서 자신이 민준이를 돌볼 테니 걱정 말라고 말해주셨다. 우리 부부는 긴 줄의 마지막으로 가서 배식을 받았고, 나중에 가서 보니 아이는 그 자매님의 가족과 같은 테이블에 앉아 마치 한 식구처럼 자연스러운 모습을 연출하고 있었다.

그 장면을 보며 겉으로 티를 내지는 않았지만 나는 속으로 눈물을 삼켰다. 조금 다르고 조금 특별한 민준이를 어떻게 대해야 할지 몰라서 거리를 두는 모습이 교회 내에서도 있었고, 행여라도 아이가 문제를 일으킬까 봐 꽤 오랫동안 나는 마음을 졸이며 지냈다.

그러나 지난 시간 동안 다양한 방법으로 애쓰고 노력도 해왔다. 어른들과 아이들의 연령별 그룹마다 큰아이에 대한 소개와 부탁을 짧은 강의 형식으로 하면서 이해도를 높여나갔고, 누구든 새로운 가정이 교회에 오면 발 빠르게 집에 초대하고 우리 가족을 꾸밈없이 보여주었다. 큰아이가 교회에서 문제를 일으키거나 사고를 치면 동네에서와 마찬가지로 겸손하게 반응하며 용서를 구했고, 잘 모르는 부분은 설명을 해주고 이런저런 부탁도 적극적으로 했다.

이런 시간들이 10년을 넘게 꾸준히 이어져오면서 어느새 아이는 교회의 일원으로서 편안함과 안정감을 동시에 누릴 수 있게 된 것이다.

## '우리'라는 말

교회에서 서로 아끼는 마음으로 교제하는 태윤이네가 있다. 꼭 듣고 싶었던 강의가 마침 그 집과 가까운 곳에서 열린 적이 있었다. 주일 오후였고 교통도 불편한 곳이라 남편이 차로 데려다주었다. 내가 강의를 듣는 5시간 동안 남편과 큰아이가 있어야 할 곳이 필요했는데, 그 댁에서 흔쾌히 오라고 해주셔서 두 사람이 머무르다 왔다.

다음 날 나는 카톡으로 감사의 인사를 전했다.

태윤엄마~ 어제 감사했어요. 남편이 두 분과의 교제가 정말 좋았다고 하네요. 덕분에 저는 좋은 강의 편하게 들을 수 있었어요. 감사합니다.

태윤엄마

민준이 돌아간 다음에 저희는 넘 신기하다 했어요. 보통 민준이 다녀간 날은 스티커들이 떼어져 있거나 화장실 물건들이 다른 위치로 정리되어 있는데 이번에는 그런 흔적이 없더라고요. 어른들 대화할 때도 함께 앉아서 시종일관 자리도 안 뜨고 집중력도 길어지고요. 민준이가 정말 많이 성장했다고, 하나님 은혜에 감사하다고 남편과 나누었어요.

카톡의 주요 내용은 큰아이의 성장이었지만 나는 미안하고 또 고마웠다. 이 댁에 여러 번 갔었는데 그동안 여러 불편이 있었는데도 단 한 번도 내색하지 않고 참아준 것을 그때서야 처음 알게 되었기 때문이다.

다음 주일, 교회에서 마주쳤을 때 다시 한번 감사의 인사를 건넸다. 그런데 예상하지 못했던 태윤엄마의 대답에 왈칵 눈물이 쏟아지고 말았다.

"아니에요. 그동안 전혀 불편하지 않았어요. 민준이는요, 그냥 '우리' 민준이에요."

'우리'라는 말이 내 마음을 깊이 두드렸다. 장애가 있는 큰아이를 키우는 우리 가족에게도 함께 웃고, 함께 우는 공동체가 있기를 전부터 소망했다. 같이 손잡고 가면서 누구 하나 소외시키지 않고, 긴 시간 지켜보며 서로의 성장을 함께 기뻐하는 사람들의 모임이 바로 공동체가 아닐까.

교회에서도 서로가 공동체로 엮이기까지 오랜 시간이 걸렸고, 이해가 부족하고 성숙하지 못해서 주고받은 아픔과 상처도 물론 있었다. 그러나 서로의 이해와 노력이 쌓일 때 좋은 공동체는 만들어질 수 있다는 걸 짧지 않은 시간을 같이 보내며 함께 배웠다.

태윤이네뿐만 아니라 다른 가정들도 민준이와 우리 가족을 통해서 장애를 이해하고, 아이들마다 속도가 다름을 이해하고, 민준이가 느리지만 자라는 모습을 통해 때때로 부모의 눈에 영 차지 않는 자신의 아이들에게도 소망을 품으며 기다릴 수 있게 되었다고 나에게 고백하는 것을 듣는다.

그리고 때로는 현실의 벽 앞에서 앞으로 민준이가 어떻게 살아갈지 또 얼마나 발전할 수 있을지 내가 불안하고 걱정할 때, 지난 10년간 큰아이와 우리 가족의 성장을 지켜본 공동체 지체들이 나에게 오히려 자신들은 이 아이의 앞날이 하나도 걱정되지 않으며 10년 뒤가 정말로 기대된다고 소망을 말해주곤 한다.

얼마나 놀라운 일인지……. 선한 영향력을 주고받는 이 선순환이 나는 참으로 놀랍다.

아름다운 공동체를 만드는 것은 쉬운 일은 아니지만 불가능한 일도 아니었다. 우리 주변에 장애인과 비장애인이 함께 어우러지는 아름다운 공동체들이 많아졌으면 하는 소망을 갖는다.

# 사랑을 먹고 자라는 아이들

어렸을 때 큰아이는 스킨십(접촉)을 좋아하지 않았다. 위험한 길에서 손을 잡고 걸으려고 하면 손목을 빼곤 했고, 기도해 주려고 아이를 안으면 몸을 비틀어서 빠져나갔다. 이런 아이를 보며 얼마나 당황스럽고 속상했는지 모른다. 아이가 어릴 때 맞벌이하느라 함께 시간을 많이 보내지 못했고, 애착이 형성되지 못해서 그럴지도 모른다는 생각에 심한 자책감이 몰려와 괴로워하기도 했다.

그런데 아이가 초등 4학년 때, 온 가족이 해수욕을 갔다. 저녁 무렵 바닷가에 산책을 나갔는데, 큰아이가 뒤에서 다가와 먼저 내 손을 잡았다. 그렇게 접촉을 거부하던 아이가 내 손을 먼저 잡아주다니 그 순간 정말 놀랐다. 절대로 달라지지 않을 것 같던 아이의 변화는 이처럼 어느 날, 갑자기, 벼락처럼 다가오곤 했다.

### 배려의 순간들

몇 달 전 큰아이와 둘이 등산을 갔다가 내려오는 길이었다. 발을 잘못 디뎌 한쪽 발이 접질렸는데 순간적으로 너무 아파

자리에 주저앉았다. 아이는 급히 나에게 사과를 했다.

"엄마, 미안해요."

"아니야. 민준아, 너 때문에 그런 게 아니야."

상황 판단력이 없는 탓에 아이는 자기 잘못이 아닌데도 무슨 일이 생기면 무조건 미안하다고 하곤 했다. 접질린 발목은 통증이 꽤 심했다. 금방 일어날 수가 없어 주저앉은 채로 한참을 있었다. 시간이 길어지자 내 곁에 서서 조용히 기다리던 아이가 말했다.

"엄마, 가야지."

"그래, 가야지. 민준아, 네가 먼저 가. 엄마 뒤따라갈게."

아이를 앞세우고 나도 천천히 자리에서 일어나 걸었다. 그런데, 저만치 앞서가던 아이가 뒤를 돌아보며 말했다.

"엄마…… 괜찮아요?"

아이의 등을 바라보며 걸어내려 오는데 눈물이 멈추질 않았다. 아이의 성장이 놀라워서, 생각지도 못한 변화가 너무 감격스러워서.


자폐성 장애아이들은 사람들과 관계 맺는 것이 어렵다. 다른 사람에게 관심이 없기도 하지만 자신이나 상대방의 감정을 잘 느끼기도 어렵고 그것을 표현하는 것도 힘들다. 그래서 누군가를 챙기거나 배려하는 것은 기대할 수 없는 일 중의 하나다.

그러나 큰아이를 20대까지 키우고 나서 보니 이 아이들이 배우는 데 시간이 오래 걸리고, 비장애인들처럼 원활하지 못할 뿐이지 감정을 느끼고 표현하는 것이 전혀 안 되는 것은 아니라는 사실을 나는 알게 되었다.

## 사람을 전하고 관계를 쌓아가길

이런 측면은 우리 아이에게서만 볼 수 있는 건 아니었다. 동수(가명)는 큰아이와 같은 특수학교를 졸업했다. 동수는 민준이보다 자폐 성향이 조금 더 심한 편이었다. 수년간 아침 등굣길에서 만날 때마다 내가 먼저 "동수야, 안녕!"하고 인사를 건네도 받아주는 일이 없더니 5년쯤 지나고 나서야 내 인사에 반응해주었다. 물론 얼굴은 내 쪽으로 돌리지도 않고 여전히 앞을 쳐다보며 "안녕하세요"하고 대답하는 정도였지만 나는 몹시 기뻐하며 동수 엄마에게 이 사실을 알렸다.

얼마 전, 동수 아빠의 퇴근 시간까지 2시간만 아이를 봐달라는 부탁을 받았다. 동수가 다니는 방과후센터의 하원 버스가 우리 집 앞에 도착했다는 전화를 받고 내려가니 기다리고 있던 선생님이 이렇게 말씀하셨다.

"동수가 민준이 집을 아나 봐요. 도착해서 기다리는데 자꾸 이쪽으로 가자고 하더라고요."

동수가 우리 집에 온 적은 많아야 3번 정도였다. 그것도 코로나 시기에는 서로 왕래를 못 했으니 마지막이 무려 3년 전이었는데도 동수는 우리 집을 정확하게 기억하고 있었다. 제일 구석에 있는 우리 집 동의 위치도 알고 있었고, 2층에서 잠시 멈칫하더니 다시 계단을 올라 3층 왼쪽 문 앞에 정확하게 멈추었다.

또 놀란 것은 우리 집에 있는 2시간 내내 나에게 말을 걸었다는 사실이었다. 지금까지는 동수가 먼저 나에게 말을 한 적은 단 한 번도 없었다. 그렇게 2시간을 보내고 집으로 돌아간 동수가 며칠 뒤에는 엄마와 내가 통화하는 모습을 보더니 나에게 전화를 걸고 싶다는 의사 표현을 했다고 한다. 방금 통화하고 끊은 동수 엄마에게서 영상통화가 걸려 와서 나는 처음엔 잘못 누른 줄 알았다. 그 후 얼마 있다가 동수네 집에 갔더니 거실에 걸려있는 칠판에 민준이를 비롯해서 친구들 이름이 줄줄이 적혀 있었다. 고등학교를 졸업하고 나서 더 이상 만나지 못하는 친구들이 그리웠는지 어느 날 칠판에 아이들 이름을 적었다고 했다.

자폐성 장애아이들이 사람을 싫어한다거나 관계를 맺을 수 없다는 생각은 잘못된 것이라고 나는 생각한다. 아이들은 자신에게 사랑을 표현하는 사람, 긴 시간 오래 보면서 관계를 쌓아온 사람들에게 생각지 못한 행동과 말을 보여준다. 마치 선물처럼.

그래서 행동이나 감정 표현이 원활하지 않은 아이를 키우는 부모들에게는 포기하지 말고 아이에게 계속해서 사랑을 전하고, 관계를 쌓아가라고 말씀드리고 싶다. 장애인 가족들 곁에 있는 비장애인 여러분들께도 짧게 만나는 관계가 아니라 지속적으로 오래도록 이들을 만나주기를 부탁드린다. 아이들은 길게 만난 편안한 사람들에게 더욱 자신의 마음을 드러내 보여줄 것이고, 그래야 아이들의 빛나는 성장을 함께 누릴 수 있기 때문이다.

그런데 이 원리는 비장애아이들에게도 똑같이 적용되는 것 같다. 어릴 때는 괜찮았는데 자라면서 부모와 관계가 서먹해졌거나 심한 사춘기 증상을 보이는 아이들 때문에 힘들어하는 부모들을 주변에서 많이 본다. 자폐성 장애아이들에게 했던 방식이 이 아이들에게도 똑같은 해답이라고 나는 생각한다. 아이의 마음을 헤아리고, 알아주든 안 알아주든 관심과 사랑을 표현하고, 시간을 들여 아이와 관계를 쌓아가는 것이다. 누구나 짧은 시간 안에 빠른 해결을 보고 싶은 마음이 들겠지만 아쉽게도 지름길은 없다.

그저 묵묵히 걷는 수밖에.

그러나 그 발걸음 뒤에 얻는 열매는 참으로 달콤하고, 아이들과 함께 맞는 찬란한 날들은 아주 감동적이라는 사실을 말해주고 싶다.

# 먼저 걸어간 이들의 조약돌

10월 어느 토요일 오전.

집에서 뒹굴거리고 싶은 표정이 역력한 남편한테 민준이하고 같이 등산을 가자고 부탁했다. 흠칫 놀라는 표정을 짓는가 싶었던 남편은 그래도 주섬주섬 옷을 갈아입고 따라나서주었다. 지난 5개월 동안 일주일에 두세 번씩* 꾸준히 아이랑 뒷산에 올랐더니 처음에는 힘들었던 코스가 이제는 만만하게 느껴질 정도가 되었다. 새로운 코스를 개척하고 싶어 큰길 건너 앞산으로 진출했는데 처음 도전 몇 번은 모두 실패로 돌아갔다.

앞산은 처음부터 계속 오르막길이었다. 중간중간 잡고 갈 수 있는 줄까지 매여져 있는, 동네에서는 보기 드문 난이도의 경사가 있는 곳이었다. 처음 도전한 며칠 동안 아이는 5분 정도 가다가 '힘들어요'를 외치고, 몇 발자국 옮기다 '힘들어요'를 연발하다가 결국은 멈춰버렸다. 거기에 더해 막 짜증을 내면서 소리를 질러대니 도저히 앞으로 더 갈 수가 없었고, 중간에 발길을 돌려야 했다.

오늘은 지난 경험을 떠올리며 아이가 또 떼를 쓸까 봐 뒤도 안 돌아보고 나 혼자 먼저 앞장서서 길을 올랐다. 한데 아빠랑 함께 오니 감히 힘들다는 말을 못 했던 걸까. 더 이상 못 간다고 버텼던 그 지점을 한참 지났는데도 큰아이가 말없이 따라오고 있었다. 이 길이 언제 끝날까 조바심이 날 무렵 마침내 오르막이 끝나고, 정상으로 올라가는 길과 아래로 내려갈 수 있는 갈림길이 나타났다.

---

*코로나로 학교에 등교를 안 하던 때였고, 복지관도 체육관도 모두 문을 닫아 운동을 못 하니 점점 살이 찌는 아이를 걱정하던 시기였다. 생각 끝에 아이랑 등산을 하기로 하고, 일주일에 2~3번 산에 올랐던 때의 이야기이다.

오르막길 끝까지 와서야 비로소 알 수 있었다. 길을 몰라서 더 힘들고 어렵게 느껴졌을 뿐 중간에 돌아갈 만큼 힘든 코스는 전혀 아니었다. 아이도 나도 충분히 오를 수 있고 지금의 우리에게 딱 적당한 난이도였는데, 끝까지 와보기 전에는 전혀 알 수가 없는 거였다.

우리 인생도 마찬가지다. 끝까지 와보기 전에는 전혀 알 수가 없다.

그때 갑자기 든 생각 하나. 무작정 함께 오른 이 오르막길을 나 혼자 먼저 답사를 했더라면 아이를 더 잘 이끌 수 있었을 텐데 하는 아쉬움이 드는 것처럼, 우리 인생도 답사를 할 수 있다면 얼마나 좋을까. 인생의 오르막이 언제쯤 끝나는지, 이 길 다음엔 어떤 풍경이 펼쳐지는지 알 수 있다면 괜히 지레 겁먹고 포기하거나 돌아가지 않아도 될 텐데 말이다.

아쉽게도 인생에는 답사가 불가능하다. 그러나 내가 할 수 없는 답사를 대신할 수 있는 것이 먼저 비슷한 길을 걸어간 선배들의 경험이 아닐까. 그래서 이들의 충고나 조언을 참으로 소중하게 받아야겠다는 생각을 한다. 같은 이유로 나도 내 뒤를 따라오는 후배들에게 내가 먼저 걸어온 길에서 알게 된 것들을 푸짐하게 나누어주는 선배가 되고 싶다.

정상까지 가보고 싶은 마음이 들었지만 욕심을 내려놓고, 오르막길을 불평 없이 잘 따라온 아이를 칭찬하면서 하산 길로 방향을 틀었다. 내려오는 도중 벤치에 앉아 바람 소리도 듣고, 낙엽도 밟으며 완연한 가을 풍경을 즐기다가 아이에게 감사 인사를 건넸다.
"민준아~ 고맙다. 네 덕분에, 네 체중 관리 덕분에 엄마가 가을을 느낄 기회를 얻었네. 네가 아니었다면 토요일 오전 산에 오를 생각을 엄마는 절대 못 했을 거야."
우리 아들, 진짜 고맙다. 함께 여기저기 멋있는 산들 많이 가보자꾸나^^

몇 년 전에 쓴 등산 일기다. 나와 비슷한 길을 가는 후배들에게 내가 좋은 길잡이가 되고 싶다는 생각을 품었었다. 이 글이 마치 예언이라도 된 것처럼 이후 여러가지 일들이 일어났다. SNS에 올린 글을 읽고 나를 전혀 모르는 사람들이 팔로우하기 시작했고, 밤새워 내가 쓴 지난 글들을 읽었다는 사람, 수십 개의 피드를 한꺼번에 정독하며 일일이 댓글을 단 사람들이 생겨났다. 민준이네 팬임을 자청하며 매일 우리 집 이야기를 기다린다는 댓글부터 선배님을 닮아가고 싶다는 고백도 받았다. 이런 응원들에 힘입어 다양한 줌강의를 열기도 했고, 온라인을 넘어 직접 대면하여 만나는 기회를 만들기도 했다.

그러던 중에 큰아이 학교의 학부모회장을 맡게 되었다. 아이는 집 근처 특수학교에 초등 6학년부터 중·고등학교, 전공과까지 다녔다. 중학생 때부터 학부모회 임원을 맡으라는 제안이 있었지만 그때는 학교 일을 할 여유가 없어 거절했는데 아이가 전공과에 입학하고 다시 요청을 받았을 때는 고민 끝에 수락했다.

무엇보다도 가장 큰 이유는 선후배들의 만남인 자조모임을 운영해보고 싶은 마음 때문이었다. 학교 내에 공지를 하고 자조모임에 관심 있는 사람들을 모집했다. 신청한 사람들은 이런 모임이 정말 필요했다며 반가워했다. 그리고 그해 많은 일들을 함께했다.

한 학기에 한 권씩 장애아이 육아와 관련된 책을 읽고 나누는 소모임을 운영했고, 정기적으로 함께 등산을 하며 후배 맘들의 어려움을 같이 고민했다. 한 달에 한 번 정기모임도 빼놓지 않고 가지며 친밀감을 쌓았다. 다음 해에도 대부분의 멤버들이 계속해서 모임에 참여하겠다고 의사를 밝혔고, 새롭게 신입회원들의 신청도 받아 서로를 돕는 모임을 지속해가고 있다.

자조모임은 어디에 물어보거나 털어놓기 힘든 이야기들을 서로 나누며 위로와 격려, 그리고 필요한 정보를 얻는 오아시스 같은 곳이다. 자조모임 멤버들은 모임을 이끄는 나에게 진심 어린 고마움을 표하곤 한다.

등산을 하며 품었던 작은 소망이 현실이 되었다. 온·오프라인에서 만난 사람들과 앞으로 무엇을 더 할 수 있을지 정확히 알지는 못한다. 그러나 한 가지는 확실하다. 나는 먼저 길을 가면서 작은 조약돌들을 놓아 뒤에 오는 이들을 잘 안내하고 싶다. 내가 놓는 작은 돌멩이들이 혼란 속에 있는 사람들에게 방향을 제시해줄 수 있다면 더없이 기쁠 것 같다. 나 역시도 마음을 터놓을 수 있는 사람들이 생겨 전보다 외롭지 않게 되었다. 후배들의 지지와 응원 덕분에 아이와 함께 내딛는 나의 발걸음도 훨씬 가벼워졌다.

오르막과 내리막이 반복되는 인생의 길을, 서로 의지하며 걸을 수 있음이 얼마나 감사한지 모른다. 앞으로도 소중한 만남들이 계속해서 이어지기를 바란다.

# 저만 믿으세요

남편과 나는 매년 결혼기념일에 부부만의 시간을 갖는다. 처음에는 저녁 한 끼 먹고 돌아오는 정도였는데, 점차 가까운 호텔에서 1박 하는 단계를 거쳐 최근에는 2박 3일 제대로 된 여행이 가능해졌다. 큰아이의 자립 훈련이 어느 정도 자리를 잡아 혼자 등하교나 센터를 오가는 것이 가능해져서이기도 하지만, 그보다 중요한 것은 우리가 없는 동안 형을 돌보는 일을 둘째 아이가 흔쾌히 받아주었기 때문이다.

결혼 20주년을 맞아 갑작스럽게 이스라엘 여행을 떠날 수 있었던 것도 둘째 덕분이었다. 큰아이는 고등학교 2학년으로 특수학교에 다니고 있었고, 둘째는 중학교 3학년 홈스쿨링 중이었다. 장기간 집을 비우려니 가장 큰 부담은 아이들의 끼니였다. 아침은 식빵 등으로 함께 먹으면 되지만 점심과 저녁이 걱정이었다. 고민 끝에 둘째 아이의 부담을 최소화할 수 있도록 나름 치밀한 계획을 짰다. 학교에서 점심을 먹고 오는 큰아이와 별개로 둘째는 도서관 식당에서 점심을 사 먹게 하고, 저녁 며칠은 주변 지인들 찬스, 주말은 외할머니 댁에서 보내도록 했다. 평소에는 외식을 거의 하지 않는 편이었지만 이때만큼은 엄마 카드로 맛있는 음식을 실컷 배달시켜 먹을 수 있게 해주었다. 그럼에도 흔쾌히 허락을 해준 둘째의 반응에 많이 놀랐고 또 고마웠다.

홈스쿨링을 하며 아이에게 집안일을 가르쳐놓았던 것은 신의 한 수였다. 둘째는 분리수거와 빨래 널기, 청소기 돌리기, 설거지 등을 할 수 있었고, 전기밥솥으로 밥을 짓고 김치볶음밥이나 떡만둣국 같은 간단한 음식을 만들어 먹을 수 있었다. 그런 아이의 도움으로 우리 부부는 9박 10일간의 해외여행을 즐기고 돌아올 수 있었다. 거의 매일 페이스톡으로 영상통화를 했는데 둘째는 엄마 아빠가 그렇게 먼 외국에 있는지 별로 실감이 안 나더라고 했다. 다음번에도 보내드릴 수 있을 것 같다고 말해주어서 또 한 번 감동을 받았다.

지난해 어느 주일이었다. 교회에서 온 가족이 예배를 드리고 난 후 남편과 나는 오후 모임에 참석해야 해서 두 아이를 대중교통으로 집에 먼저 보내기로 했다. 아이들을 지하철역에 내려주면서 "조심해서 가." 했더니 둘째가 이렇게 대답했다.

"엄마, 저만 믿으세요. 형은 제가 잘 데리고 갈게요."

자기만 믿으라는 멘트를 날리는 아이가 귀엽기도 하고 기특하기도 해서 절로 웃음이 나왔다.

모든 아이들이 건강하고 밝았으면 좋겠다. 자녀가 많아도, 형제 자매 중 누가 특별한 재능을 가지고 있어도, 장애가 있는 형제자매가 있어도 상관없이 말이다. 부모가 각각의 아이들에게 의도적인 사랑과 관심을 쏟고 시기별로 꼭 필요한 것들을 제공하면 되는데, 한때 내가 그랬던 것처럼 무엇이 필요한지도 모르고 그 시기를 놓치는 부모들이 의외로 많은 것 같아 안타깝다.

장애인 가정에는 그렇게 하는 것이 좀 더 수월할 수 있도록 사회적인 지원도 많아지면 좋겠다. 장애인 가족 안의 사각지대에 있는 비장애 형제들이 밝고 구김살 없는 모습을 보여줄 수 있을 때 우리 사회는 보다 더 건강한 사회가 되어 있을 것이다.

# 아이의 세계를 탐험하다

"자연○○에 가요. 가서 음료수 사고⋯⋯."

저녁부터 큰아이가 자꾸 우리가 애용하는 유기농가게 이름을 댔다. 한동안 함께 가지 못해서 가고 싶다는 뜻인가 보다 했다. 다음날 아침까지도 같은 이야기를 몇 번 반복하길래 물어보았다.

"민준아, 자연○○에 왜 가야 돼?"

"가고 싶어서요."

"그래? 다음에 같이 가면 음료수 사 줄게."

학교에 같이 등교하고 1층 현관문 앞에서 헤어지려는 찰나 아이가 말했다.

"엄마, 오늘 율동공원⋯⋯."

뒷이야기는 정확하게 못 들었다. 왜 갑자기 율동공원을 말할까 의아하긴 했지만 한 달 전쯤 복지관 수업에서 선생님과 함께 갔던 이야기를 하나 보다 생각했다.

"그래, 다음에 율동공원 또 가자."

교실로 아이를 보내고 집으로 돌아왔는데 학교의 자조모임 멤버 중 한 명이 단체방에 카톡을 보내왔다.

**자조모임 멤버**

> 오늘 형님들 나들이 가나 봐요. 학교 갔더니
> 큰 아이들이 버스 타려고 줄 서 있네요. 다들
> 얼굴이 들떠 있는 게 보여요.

 그 뒤로 오늘이 전공과 학생들 체험학습 날이며, 율동공원으로 간다는 댓글이 이어졌다.

 아뿔싸! 오늘이 체험학습 날이라니……. 담임선생님 문자를 찾아보니 미처 확인하지 못한 메시지가 있다. 요즘은 큰아이가 수시로 내 핸드폰을 만지면서 알림을 다 지워버리곤 해서 문자나 카톡이 온 걸 모르고 넘어가는 경우가 왕왕 있었다. 선생님의 문자에는 간식을 챙겨서 보내거나 당일 현장에서 사 먹을 수 있도록 용돈을 보내달라는 내용이 있었다. 전화를 해보니 이미 상황종료. 다행히 지갑에 동전이 조금 들어 있었고, 그걸로 금액에 맞는 간식을 잘 골라서 먹었다며 걱정하지 말라고 하셨다.

 줄기차게 나에게 유기농 가게 이름을 대며 음료수 사러 가야 한다고 말했던 아이의 마음을 헤아려보았다. 학교에 도착해서는 율동공원이라고 체험학습 장소까지 정확하게 알려주었는데도 알아차리지 못한 엄마의 무심함이라니……. 자폐 성향을 가진 큰아이는 반복하는 것을 즐기고, 같은 패턴을 좋아한다. 그러다 보니 나는 아이의 말을 귀담아듣기보다는 또 반복되는 패턴 속에서 나온 말이려니 생각하고 흘려들을 때가 많았다. 하지만 아이는 나도 모르는 사이 학교에서 이루어지는 행사를 인지하고 그걸 엄마한테 전달할 만큼 자랐다. 처음 초등학교를 보낼 때 제발 해줬으면 했던 바로 그런 것을 말이다.

그러나 얼마 전에는 이런 일도 있었다. 토요일 오전, 방과후 센터에 아이를 데려다주었다. 혼자서도 엘리베이터를 타고 올라갈 수 있으니 건물 입구에서 아이만 내려주고 돌아왔는데 40분 정도 지났을 때 원장님으로부터 전화가 왔다.

"오늘 센터가 쉬는 날인데 민준이가 왔네요. 제가 일이 있어 잠깐 들렀더니 깜깜한 문 앞에 앉아있더라고요. 꽤 오래 있었던 거 같아요."

내 실수였다. 그날이 공휴일이라는 사실을 깜빡 잊고 센터에 보낸 거였다.

"민준아, 센터에 갔는데 문이 닫혀 있으면 어떻게 해야 돼?"

"문 열어줘야 해요."

정답이긴 하다. 하지만 나는 이 천진한 답변에 할 말을 잃었고 가슴이 답답했다. 문이 닫혔으니 누군가가 와서 열어줘야 한다는 단순하고 직접적인 대답 외에 다른 대안을 전혀 생각할 줄 모르는 아들의 사고능력을 다시금 절감했다.

"민준아, 엄마한테 전화를 해야지. 알았지? 센터에 갔는데 문이 닫혀 있으면 어떻게 해?"

"문을 열어줘야 해요."

"아니야. 엄마한테 전화해야 돼. 그리고 '문이 닫혔어요' 라고 말해야 돼."

그리고 다시 또 질문했다.

"센터에 갔는데 문이 닫혔을 땐 어떻게 해?"

"엄마한테 전화해요."

세 번 만에 정답을 말했다. 아이는 많이 자란 듯 하나 이렇듯 여전히 답답한 구석을 보일 때가 있다. 자신의 감정이나 생각을 정확하게 말이나 동작으로 표현하기 어려운 아이가 왜 울부짖는지, 왜 가지 않으려 하는지, 도대체 원하는 게 무엇인지 잘 알 수가 없어서 힘들었던 어린 시절보다야 지금은 훨씬 의사소통도 잘 되지만 매일 희망적인 날만 이어지는 건 아니다.

장애아이를 둔 부모들이 극단적인 선택을 하는 뉴스를 요즘 들어 더 자주 접하게 된다. 나도 잠깐이지만 아이가 어렸을 때 집을 나가고 싶었던 때도 있었고, 아이의 사춘기 시절에는 아이만 섬에 버려두고 오는 상상을 하기도 했고, 심지어 목숨을 끊은 누군가가 부러웠던 때도 있었다.

그러나 우리의 몫은 포기하는 것이 아니라 살아내는 것이다. 내게 주어진 몫을 잘 감당할 수 있기를 나는 매일 기도한다. 장애를 가진 아이의 세계는 알 것 같다가도 어느 순간 오리무중에 빠지게 될 때도 있지만, 그럼에도 나는 오늘도 이 아이의 세계를 탐험한다. 아이와 함께 맞이할 찬란한 날들을 기대하면서.

# 봄날의 햇살 같은 이웃들

아이 하나를 키우는 데 온 마을이 필요하다는 말이 있다. 하물며 장애아이를 키우는 데에는 얼마나 많은 사람들의 관심과 이해가 필요한지 말로 다 할 수가 없다. 이웃 때문에 힘들기도 하고, 속상한 때도 물론 있었지만 아이에게 장애가 있었기에 만날 수 있었던 소중한 인연들도 있었다. '봄날의 햇살' 같은 이웃은 드라마에만 존재하는 것은 아니었다. 내가 동네에서 만난 소중한 그들을 소개한다.

### #추모공원 카페 사장님

큰아이를 데리고 등산을 하면서 우리 집 뒷산이 추모공원으로 연결된다는 사실을 처음 알았다. 추모공원에는 작은 커피 가게가 자리해 있었다. 아이에게 등산을 하고 나서 음료수를 사주겠다고 약속을 했는데 여기서 먹으면 되겠다 싶었다. 얼굴이 고운 가게 사장님은 첫날부터 아주 친근하게 아이를 대해주셨다. 사장님이 허물없이 다가오니 나도 마음을 탁 놓고 처음부터 묻지도 않은 이야기들을 늘어놓았다.

"코로나로 아이가 운동할 곳이 하나도 없는 거 있죠. 배는 자꾸 나오고 도저히 안 되겠다 싶어 함께 등산이라도 하자 했는데 아이는 안 간다고 버티는 거예요. 오늘도 겨우 데리고 왔어요. 다음 주에도 아드님께서 같이 와주실까 모르겠네요."

웃는 얼굴로 공감해주던 사장님이 대뜸 아이에게 이렇게 말했다.

"너~~, 월요일에도 또 와. 나랑 약속해. 알았지?"

주말이 지나고 월요일이 되었다. 아이가 어떤 반응을 보일까 조마조마했다.

"민준아, 등산 가자! 그리고 지난번 그 카페에서 음료수 사 먹자!!"

"네."

월요일에 보자고 손가락 걸고 약속을 했던 아이가 나타나자 사장님은 반가움을 온몸으로 표현했다. 그리고 약속을 지킨 상이라며 아이의 음료수는 돈을 받지 않고 주셨다. 예상치 못했던 사장님의 작은 배려에 마음이 따뜻해졌다.

그렇게 이 커피 가게의 단골이 되었다. 카페 이모가 된 사장님은 자주 못 가면 왜 안 왔냐고, 보고 싶었다고 진심을 건네주곤 했다. 문득 보고 싶고, 안부를 전하려고 나도 일부러 뒷산으로 등산 코스를 잡기도 했다.

"나도 아픈 아이가 있어요."

어느 날, 불쑥 나에게 건넨 말이었다. 두 자녀 모두 아토피가 심해서 힘들다는 이야기였다. 이제는 직장인과 대학생으로 장성했지만 자녀들은 아직도 아토피로 고생을 한다고, 엄마로서 해줄 수 있는 게 없어서 더 마음이 아프다고 했다.

장애가 있는 아이를 데리고 다니면 마음으로 다가오는 사람들을 만날 때가 종종 있다. 괜한 걱정이나 동정의 시선을 받기도 하지만 다른 한편으로는 상대의 마음을 열게 하고 자신의 힘든 상처를 툭 털어놓게 하는 면도 있었다. 추모공원 카페 사장님도 내가 장애아이를 키우는 엄마였기에 굳이 하지 않아도 될 이야기를 솔직하게 말해줄 수 있었을 것이다. 그리고 우리는 그날을 계기로 더욱 깊이 마음을 나누는 사이가 되었다. 약함과 어려움은 숨길 것이 아니라 드러내고 함께 나눌 때 서로에게 힘이 되고 응원이 될 수 있음을 나는 배웠다.

추모공원에 방문객이 몰리는 휴일, 사장님 혼자 일하는 커피 가게가 쉴 틈 없이 바빴다. 주문이 밀리고 정신없이 바쁜 와중에도 사장님은 아이를 향해 함박웃음을 지어 보이셨다. 특별히 큰 컵에 음료를 가득 담아주시고 초코바도 남몰래 서비스로 건네주었다. 아무 조건 없이, 아무 이유 없이 장애가 있는 아이를 이렇게 예뻐해주는 이웃 덕분에 내 마음도 한껏 풍성해졌다.

# # D미용실 언니

큰아이가 초등학교 4학년 때 지금 살고 있는 동네로 이사했다. 주변 엄마들에게 아이를 데리고 갈 만한 미용실을 소개해 달라고 하니 다들 이곳을 강력 추천했다. 장애아이를 둔 엄마에게는 미용실 선택도 꽤 중요한 문제 중의 하나이다. 남자아이의 경우 짧은 머리를 다듬기 위해서는 한 달에 한 번 이상 가야 하는 곳이다. 그런데 조용히 앉아서 순서를 기다리기가 어려운 아이, 이발기 소리를 싫어하는 아이, 머리를 흔들어대서 이발을 하기가 힘든 아이들이 꽤 많다.

큰아이도 마찬가지였다. 차례를 기다리는 중에 다른 손님의 가방을 만지거나 미용실 안의 물건을 자기 마음대로 정리하거나 와이파이 비번 같은 것을 안내하는 스티커를 떼버리기도 했다. 의자에 앉아 머리를 자를 때도 얌전히 있지 못하고 자꾸 고개를 돌리거나 움직여서 애를 먹었다. 그러니 새로운 동네에 갈 때마다 이런 아이를 받아주고 이해해주는 미용사가 있는 곳을 찾는 것이 하나의 숙제였다.

D미용실은 가보니 사람들이 왜 이구동성으로 추천했는지 알 거 같았다. 원장님은 여러 미용사를 두고 있었는데도 내가 큰아이를 데리고 가면 항상 자신이 도맡았다. 아이가 움직이거나 머리를 흔들 때에도 핀잔이나 타박이 전혀 없었다. 알고 보니 근처 특수학교에도 소문이 나서 이런저런 장애아이들이 다 모이는 미용실이었다. 정말 좋은 곳을 찾아서 다행이다 싶은 것도 잠시, 얼마 뒤 갑자기 주인이 바뀌어버렸다. 울고 싶은 마음이 들 정도로 난감했다. 1년 정도 이곳저곳을 다녀보았지만

맘에 드는 미용실을 찾지 못했다. 그런데 누군가가 원장님의 이전한 미용실을 알고 있다고 하는 것이 아닌가. 알고 보니 별로 멀지 않은 곳이었고, 나는 몹시 기뻐하며 찾아갔다.

그렇게 다시 만난 이후부터 원장님은 나에게는 '언니', 아이들에게는 대놓고 '이모'가 되었다. 10년을 넘게 쭉 아이들 커가는 모습을 함께 지켜본 언니는 호칭만이 아니라 어느새 진짜 가족이 된 것만 같다. 진심으로 우리 가족들의 안부를 궁금해할 뿐만 아니라 장애아이를 키우며 내가 겪은 속상한 일들에 아낌없이 같이 분노해준다. 그 마음은 9살 꼬맹이 때 만나 지금은 대학생이 된 둘째에게도 전해져 미용실만 가면 일상을 털어놓는 폭풍 수다쟁이가 되곤 한다. 학교 생활, 시험 스트레스, 친구들과의 소소한 사건들까지⋯⋯. 친이모와 조카 사이라도 이보다 더 친밀할까 싶다.

아이들을 데리고 미용실을 방문할 때마다 언제부턴가 언니는 나에게 잠깐 앉으라고 해놓고는 머리 드라이를 서비스로 해주었다. 친척 결혼식 때나 맘먹고 하는 일명 '미스코리아 머리'를 만들어주는 것이다. 처음에는 거절했는데 하도 그냥 받으라고 성화를 해서 이제는 나도 그러려니 하고 염치없이 자리에 앉는다.

"아유, 매번 이렇게 공짜로 받아서 어떡해요? 이 은혜를 어떻게 갚죠?"

"은혜는 무슨~! 민준 엄마 열심히 잘 살아줘서 내가 고마워서 그래."

그냥 내 삶을 살아가는 것뿐인데 장애아이를 키우며 씩씩하게 사는 모습이 다른 누군가에게는 힘과 용기가 될 수 있다는 사실을 새롭게 알게 되었다. 드라이 서비스는 나에 대한 언니만의 따뜻한 응원이었다.

## #동네 사거리 A카페 사장님

큰아이와 등산을 갔다 올 때마다 카페에 들른다. 등산 코스에 따라 가는 곳이 달라지니 카페가 두 곳이다. 비슷한 시기에 두 곳을 처음 가기 시작했는데 주인의 태도는 아주 달랐다. 첫날부터 친절했던 추모공원 카페의 사장님과는 달리 동네 사거리 A카페의 사장님은 6개월 이상 정기적으로 다녀도 아는 척을 하거나 말을 걸지 않았다.

사장님은 장애인을 가까이에서 본 경험이 거의 없는 것 같았다. 정리하기를 좋아하는 아들이 가끔 데스크에 있는 것들을 만지면 굉장히 방어적으로 말했다.

"그건 안 돼요, 이것도 안 돼요."

어느 날은 눌러서 짜는 시럽 용기를 만지려고 하자 또 화들짝 놀라며 아이를 제지했다. 나는 만지면 안 된다고 아이에게 교육을 시키고, 사장님께는 이렇게 말씀드렸다.

"놀라셨죠? 죄송합니다. 저희 아이는 정리하는 걸 좋아해요.

방금 한 행동은 누르려고 하는 게 아니고 누름 마개를 같은 방향으로 맞추려고 하는 거예요."

"아⋯⋯."

설명을 듣고 사장님은 전혀 예상하지 못했다는 얼굴로 크게 고개를 끄덕였다.

그러던 어느 날 아침, 아이를 등교시킨 후 카페에 잠시 들렀는데 사장님께서 마침내 나에게 말을 걸었다.

"출근하는 길이세요?"

매일 등산복만 입은 걸 보다가 그날따라 원피스를 입었더니 직장에 가는 줄 알았던 모양이다.

"아니에요. 저하고 맨날 같이 오는 제 아들이 근처 특수학교에 다녀요. 조금 후에 학교에 회의 하러 가야 해서 오늘 좀 차려입었어요."

이런저런 이야기를 나누어보니 사장님이 생각만큼 무뚝뚝한 사람은 아닌 것 같았다.

그러고 나서 얼마 안 있어 여름방학이 되었는데 자립 훈련 삼아 아이를 혼자 카페에 보낸 일이 있었다. 문제없이 음료수를 사 가지고 잘 다녀왔지만, 가게에서 어떻게 행동했는지는 알 길이 없었다. 다음날 카페에 들러 여쭤보니 사장님은 별일 없었다고, 괜찮았다고 하셨다. 나는 감사하다는 인사를 전하며 내친김에 한마디 더 했다.

"그럼, 다음에도 종종 혼자 보내도 괜찮겠죠?"

그런데 그 순간 사장님의 동공이 흔들리는 것을 똑똑히 보았다. 몇 초간 침묵하더니 침을 꼴깍 삼키며 이렇게 답했다.

"……그럼요. 괜찮아요."

여름방학이 끝나고 2학기가 되었다. 너무 바빠 주말에도 등산을 못 하고, 몇 개월 동안 카페에 가지 못했다. 그러다 동네 사람들과 오랜만에 들렀다가 나오는데 사장님이 나를 급하게 붙잡았다.

"근데, 그 '잘생긴' 아드님은 요즘 왜 안 와요?"

6개월 넘게 매주 들러도 아는 척 한 번 안 하더니 갑자기 '잘생긴' 아드님이라는 표현을 쓰며 안부를 물으니 나는 무척 놀랐다.

"코로나로 학교에 안 갈 때는 자주 왔는데, 요즘엔 매일매일 등교를 하니까 등산을 안 가게 되네요. 조만간 아이 데리고 또 올게요!"

겨울방학이 되어서야 드디어 약속을 지키게 되었다. 아이를 데리고 가게 문을 들어서는데 사장님은 여태껏 보지 못한 환한 미소로 우리를 반겼다. 음료를 마시고 나오면서 아이와 인사를 하니 사장님은 다시 환하게 웃으며 이렇게 말씀하셨다.

"잘생긴 총각~ 잘 가요! 또 와요!!"

'앗싸!!' 나도 모르게 감탄사가 터져나왔다. 울 동네에 우리 아들이, 그리고 비슷한 장애아이들이 편하게 갈 수 있을 만한 가게가 하나 더 늘었다. 아이를 데리고 성실하게 꾸준히 얼굴을 익히며 장애아이가 위험하지도 무섭지도 않다는 걸 자연스럽게 알려드린 덕분이었다.

사장님의 처음 반응만 보고 다시는 안 가야겠다 하고 발길을 끊었다면 이분의 환한 미소는 끝내 보지 못했을 것이다. 상대방이 잘 몰라서 하는 행동이나 생각들을 한순간에 바꿀 수 없고 또 반드시 바뀐다는 보장도 없다. 하지만 그래도 내가 할 수 있는 한 최선을 다해 겸손하게 다가갈 때 생각지 못한 변화를 경험할 수 있다는 걸 알게 됐다.

갈수록 사회가 각박해지고 이웃집에 누가 사는지 서로 알지도 못하는 경우들이 늘어난다. 장애아이를 둔 가정이든 그렇지 않든 각각의 가정들마다 마음을 나누고 도움을 주는 좋은 이웃들이 있음을 서로 자랑할 수 있는 따뜻한 사회가 되었으면 좋겠다. 전국 각지의 동네마다 봄날의 햇살과 같은 이웃들이 많아지기를 기대한다.

# 오늘 하루에 충실하기

　장애인가족지원센터에서 수다파티 프로그램을 진행할 때 한자리에 모인 수강생들은 아주 다양했다. 첫날부터 심한 우울감을 토로하는 분이 있는가 하면 이미 삶의 방향을 잘 정하고 안정적인 일상을 보내는 분도 있었다. 하지만 자신의 장애아이에 대해서는 한목소리로 어렵고 힘든, 부정적인 이야기들만 쏟아냈다.

　수다파티 종강 날, 나는 '작은 감사'를 찾아보자고 제안했다. 그러자 하나같이 자기 아이들의 장점과 강점을 마치 기다렸다는 듯이 앞다투어 이야기하는 모습이 연출되었다. 다섯 번의 만남 동안 얼굴도 모르는 아이들의 단점만 계속 듣다가, 잘하는 것이 무엇인지 어떤 가능성을 가지고 있는지 들으니 그날은 내가 상상했던 것과는 완전히 다른 아이들처럼 느껴졌다. 어느 아이 하나 빛나지 않는 아이가 없고, 예쁘지 않은 아이가 없었다.

　그렇다. 이렇게 살면 된다. 세상의 편견과 차별의 벽은 우리 힘으로 당장 무너뜨릴 수 없지만, 아이의 장점과 강점을 보며 그걸 어떻게 더 잘 살릴 수 있는지 고민하고, 문제가 있는 부분들은 최선을 다해 해결하면서 그로 인한 작은 변화들에 감사하면 된다. 그리고 아이로 인해 부모인 내가 더 성장하고 다듬어져가는 것에 기뻐하면 된다. 아이는 내가 원하는 모습으로 당장 바꿀 수 없지만 나의 시선은 노력하면 얼마든지 바꿀 수 있다. 우리에게 찾아온 시련은 생각 한 끗 차이로 행복의 스위치로 전환될 수 있다.

아직 일어나지 않은 미래를 걱정하지 말고, 오늘 해야 할 일에 집중하고 최선을 다하자. 우리 각자에게 닥친 어려움이 무엇이든 그 고난이 하루아침에 사라지기를 바란다면, 장애아이를 키우며 그 장애가 말끔하게 치유되는 기적을 바란다면, 비장애아이더라도 그 아이가 내가 원하는 대로 움직여주기만을 바란다면 누구나 매일매일 절망할 수밖에 없다. 그러나 오늘 하루를 살아갈 힘을 달라고 기도하고, 해야 할 일과 하지 않아야 할 일을 구분하면서 하루를 충실하게 살려고 애쓴다면 매일매일 소망이 생겨날 것이다. 그리고 그 시간들이 쌓이고 쌓일 때 상상하지 못한 열매들이 맺히는 걸 경험하게 될 거라 믿는다.

바로 우리 가족이 그랬던 것처럼.

# 나가며
- 오늘도 나는 소망을 품는다

　장애아이들이 고등학교를 졸업한 후에 갈 수 있는 교육과정
으로 전공과 과정이 있다. 고등학교까지는 의무교육이지만 전
공과는 특수교육 대상자들이 모두 다닐 수 있을 만큼 정원이
많지 않아 선발로 뽑는다. 2년 전 전공과(자립생활과)에 입학
한 것이 엊그제 같은데 큰아이는 얼마 전 졸업을 했고, 교육청
과 함께했던 14년간의 공식적인 교육은 모두 마무리되었다.

　전공과 2학년 졸업반이 되자 1년 내내 취업 관련 정보들과
각종 기업의 채용 공고 소식을 문자로 제공받았다. 학교에서
보내주는 소식을 보면 탐나는 자리들이 제법 있었다. 그러나
면접을 통과하고 그곳의 업무에 적응해 오랜 기간 다닐 수 있
는 능력까지는 아직 큰아이가 준비되지 않았다고 우리 부부는
판단했다.

　그런데 요즘 큰아이는 눈에 띄게 말이 늘었다. 표현이 늘었
을 뿐 아니라 질문을 거의 하지 않던 아이가 갑자기 질문도 많
아졌고, '왜?'라는 개방형 질문에도 정확한 대답을 하기 시작했
다. 아주 간단한 대화 외에는 힘들었는데 최근에는 한 주제로

여러 번 핑퐁이 가능해졌다. 자율성도 많이 늘었고, 자기주장도 생겨났다.

남편과 나는 아이에게 좀 더 기회를 주기로 결정했다. 복지관 프로그램들을 이용하면서 아이가 더 배우고 다듬어질 수 있는 시간을 확보하고, 차근차근 취업을 준비하기로 했다. 지금부터 필요한 자격증도 따고 기술도 배우고 집안일도 익히면서 정확성과 여문 손끝을 가질 수 있도록 훈련시켜볼 생각이다.

큰아이가 어디까지 발전할지는 아무도 모른다. 하지만 돌아보면 오늘의 아이 모습도 내가 예상하거나 기대했던 것을 훨씬 뛰어넘는다. 여기서 더 나아가지 않을 거라고 단정 지을 수는 없다.

나는 무엇을 하든 계획 세우기를 참 좋아하는 사람이지만 장애아이인 큰아이와 관련된 일은 계획을 세워도 내 맘대로 이루기가 쉽지 않았다. 그리고 비장애아이인 둘째도 초등시절 이후에는 함께 의논하고 조언은 해주지만 부모의 계획대로 아이를 움직이는 것은 불가능했다.

그래서 언제부턴가 나는 계획을 세우는 대신 소망을 품었다. '반드시 꼭 이렇게 할 거야'가 아니라 '이렇게 되면 좋겠다' 하는 마음으로 소망하며 내가 할 수 있는 범위 내에서 최선을 다했다. 그리고 결과는 하늘에 맡겼다.

놀랍게도 지난 15년 동안 꿈꿔온 많은 것들이 이루어졌다. 큰아이와 둘째 아이가 사이좋은 형제가 되기를, 남편과 아이들의 관계가 돈독해지기를, 큰아이가 찬양으로 하나님께 영광 돌릴 수 있기를, 아이들이 자라는 모습을 함께 나눌 수 있는 좋은 교회 공동체를 만나기를, 세 남자의 무대에 내가 사회를 보는 가족콘서트 하기 등을 소망했는데 모두 이루어졌다.

이제는 또 다른 소망을 품는다. 큰아이가 그림으로 자신의 마음을 표현할 수 있게 되기를, 몇 년 뒤 꽤 괜찮은 조건의 직장에 근무하게 되기를, 서로 돕고 함께 삶을 나눌 수 있는 장애인 가족들의 공동체를 만나기를, 둘째 아이가 비장애 형제들을 돕고 남편이 장애아이를 둔 아빠들을 돕는 역할을 할 수 있기를, 가족콘서트로 전국을 돌며 공연할 수 있기를, 인생 2막을 시작한 내가 전국 각지로 후배들을 만나러 다니게 되길 소망한다.

지금은 실현 가능성이 별로 없어 보이는, 그냥 막 내 맘대로 던져보는 이야기들에 지나지 않지만 시간이 좀 더 흘러 문득 돌아보았을 때 하나둘 이루어지고 있어서 '소~~~름'이라고 말할 수 있으면 좋겠다. 10년쯤 후에 그때도 이 책의 제목처럼 '우리가 이렇게 살 줄이야' 하고 말할 수 있기를 꿈꿔본다.

오늘도 나는 마음 한편에 소망을 품는다.

# 시간이 보내온 초대장

어린 민준
형아가 된 민준
사춘기 소년 민준

아이의 어린 시절을 쓰려다가 스포트라이트가 켜지듯 기억이 났다. 큰아이가 어릴 때 다녔던 공동육아 어린이집 게시판에 내가 올렸던 글들, 아이에게 장애가 있다는 결과를 듣고 어린이집 부모들에게 공개적으로 알렸던 그 글들.

한동안 휴면이었던 계정을 어렵게 복구하고, 인터넷 카페에 들어갔다. 2001년부터 2009년까지 내가 썼던 수십 개의 글들이 오롯이 새겨져 있었다. 그동안 잊고 있었던, 기억에서 사라질 뻔한 보물 같은 글들을 발견했다.

면담을 앞두고 어린이집 카페에 썼던 첫인사부터 다른 동네로 이사하고 전했던 마지막 소식까지 있었다. 그 속에서 아이의 발달과정을 또렷이 볼 수 있었다. 장애를 전혀 의심하지 않다가 문제가 있다는 이야기를 듣고 당황했던 당시의 마음도, 점차 내가 성장해가며 단단해져가는 과정들도 글 속에 고스란히 담겨 있었다. 그때, 30대의 민준 엄마가 썼던 글들을 여기에 묶었다.

덧붙여서 큰아이의 사춘기로 한참 힘들었던 시기, 2012년부터 2017년까지 페이스북에 썼던 글들도 담았다. 모든 아이들이 겪지만 부모로서 더 힘들 수밖에 없는 장애아이의 사춘기와 그럼에도 일상에서 작은 감사들을 놓지 않으려 애썼던 그 날의 일기장들을 모았다.

꽤 많은 분량의 이 글들을 부록으로 담는 이유는 아이의 장애를 발견한 지 얼마 지나지 않은 부모들과 아이의 사춘기로 힘들어하는 부모들에게 지난 시절의 내 일기가 조금이나마 도움이 되었으면 하는 바램 때문이다. 이미 스쳐 간 시간들이라 이제는 잊혀졌던 감정과 기억들이 생생하게 담겨있는 이 글들이 그들에게 공감과 위로와 격려를 줄 수 있기를 바라본다.

# 어린 민준

[*산들어린이집 홈페이지 게시판. 2001~2009]

## 첫인사 드립니다.

작성일: 2001.09.14.(민준 6개월)

안녕하세요. 저는 중계동에 살고 있는 6개월 된 사내아이 엄마입니다. 결혼 전부터 공동육아를 알고 관심을 가지고 있었는데 이제야 본격적으로 여기저기 정보를 알아보고 있는 중입니다. 내일 산들에 방문드리기로 했는데 면담 결과가 좋았으면 좋겠네요.

## 등원 일주일, 잘 적응하고 있어요

작성일: 2002.04.24.(민준 14개월)

아시는 분들은 다 아시겠지만 민준이는 등원 일주일을 넘긴 상황에서 너무 잘 적응하고 있어요. 저러다 나중에 뒷북(?) 치는 거 아냐 하고 걱정스러울 정도네요.

## 항상 환하게 웃어주는 민준

작성일: 2002.12.19.(민준 22개월)

항상 환하게 웃어주는 민준이가 오히려 고맙다고 하신 담임선생님의 날적이*를 읽고 표현은 못 했지만 너무 고마웠습니다. 민준이가 활동이 크고, 터프한 면이 있어서 힘들 때도 많으실 텐데 언제나 사랑과 애정으로 대해주시는 게 마음으로 느껴지거든요.

보름 차이밖에 안 나는 수하가 3단어 문장을 사용하는 데 비해 민준이는 너무 과묵하고 표현이 많지 않아서 은근히 조바심이 나기도 했어요. 그런데 선생님의 날적이를 보니 제가 모르는 아이의 모습도 보이고 해서 조금 늦으려니 하고 여유를 가지기로 했습니다.


## 민준 노래 들어보셨나요?

작성일: 2003.06.14.(민준 28개월)

아쯔쯔(따르릉)로 시작한 레퍼토리가 '생일 축하합니다'를 거쳐 요즘엔 '작은별'과 '나비야', '동물농장', '아침바람 찬바람에~'하는 노래까지 섭렵했습니다. 오늘은 새로운 노래 '안녕, 안녕, ○○○'하는 노래를 들려주더군요.

근데 가사는 하나도 안 맞고 음만 맞습니다. 다른 나라 사람이 노래하는 거 같습니다. 가령 "아-우워 아으으(생일 축하합니다)", "아아아아 아아아, 우아우아 으으으(삐약삐약 병아리, 음매음매 송아

---

* 일기의 순우리말이며 '날마다 적는 이야기'의 줄임말이다. 공동육아 어린이집에서 매일 교사와 부모 사이를 오가며 아이의 생활을 나누는 수첩이 있었는데 이를 날적이라고 불렀다.

지)" 이런 식입니다. 그런데 어쩜 그렇게 박자와 음정은 정확한지 정말 감탄스럽습니다.

이건 필시 아빠를 닮은 탓이라는 생각이 드네요. 은근히 음감이 없는 저를 닮았다면 이런 훌륭한 노래 실력이 절대 나올 수가 없을 겁니다. 평소에 보면 남편은 음은 정확히 기억하는데 가사는 꼭 한두 대목씩 작사를 하곤 하거든요. 생긴 거만 붕어빵인 줄 알았는데 하는 짓도 영판 아빠를 닮았나 봅니다. 요즘 저희 부부는 이렇게 음감이 뛰어난(?) 민준이를 음악가로 키워야 되나 고민하고 있습니다.

# 형아가 된 민준

[*2004년 5월 18일 둘째 아이 준하가 태어났다]

## 민준이와 준하 이야기

작성일: 2004.07.01.(민준 40개월, 준하 3개월)

요즘 민준이는 예전보다 말이 좀 늘었습니다. 표현도 많아져서 저를 깜짝깜짝 놀라게 합니다. "엄마, 사당해(사랑해)"하면서 덥석 품에 안기고 입을 맞추기도 하는데 아주 황홀합니다. 그리고 눈이 감기면서 '김치-'하는 표정으로 웃으면 선생님들 표현대로 딱 '살인미소' 그 자체이지요.

그런데 형아가 된 티를 내는 건지, 시기적으로 그럴 때가 되어서인지 떼도 한창 늘었습니다. 집에서 혼자 있을 땐 잘 몰랐는데 옆집 은재네 갔을 때 보니 담임선생님이 참 힘들겠다 싶은 생각이 들더군요.

관심이 없다가도 다른 아이가 노는 걸 보면 무조건 탐을 냅니다. 은재네 집에 있는 자동차를 가지고 하도 싸우길래 우리 집에 있는 자동차를 가지고 왔더니 은재네 자동차에 앉아 있다가 냉큼 그걸로 올라탑니다. "이더 미주니꺼야(이거 민준이꺼야)"하면서 결국 처음에 싸우던 자동차는 뒷전이고 새로운 자동차로 둘이서 또 싸우게 되더군요.

오히려 준하에 대한 시샘은 아직 잘 모르겠네요. 준하 침대를 자기 거라고 우기기도 하고, 준하에게 목욕 후 오일을 발라주는 걸 보고는 자기도 발라달라고 요구하기도 하지만 동생을 미워하지는 않는 거 같아요. 얼굴 가득 미소를 띠며 "주나, 주나(준하, 준하)" 이름을 외고, 준하가 울면 시키지도 않았는데 빈 우유병을 가지고 와서 들이밀기도 한답니다.

많은 분들이 함께 아쉬워하셨던 것처럼 친구 같은 딸 하나 두고 싶었던 소망을 고이 접어야 하는 건 정말 아쉽긴 합니다. 하지만, 두 아들 잘 키워서 멋있는 아들의 여자친구, 며느리 얻는 걸로 그 소망을 대신하려고 합니다.

[*민준이가 네 살일 때 어린이집 담임은 3월부터 아이의 문제를 알았지만 출산을 앞둔 임산부에게 차마 그 이야기를 전할 수 없었다고 했다. 둘째가 백일이 될 때까지(04년 8월) 기다렸다가 면담을 요청하고 민준이의 발달 검사를 권유했다.]

## 민준이는 사랑받기 위해 태어난 사람

작성일: 2004.11.26.(민준 45개월)

담임선생님이 민준이의 발달 문제로 전문가를 찾아가 보라고 한 날로부터 만 3개월이 지났습니다. 두 곳에서 발달 검사를 받았습니다. 처음 찾아간 곳은 개인이 하는 발달연구소였는데 정신지체 수준이라는 진단을 받았습니다. 언어발달이 좀 늦다고만 생각했던 저희 부부는 크게 충격을 먹었더랍니다.

그리고 몇 개월 뒤 이번에는 육영회 부설 치료교육연구소에 가서 다시 지능 검사와 언어 검사를 받았습니다. 언어 검사에서는 언어 발달이 1년 이상 지체되어 있으면서 발음에도 문제가 있고, 이해력과 표현력 모두 부족하다는 진단을 받았습니다. 지능 검사에서는 시각 영역에서는 문제가 없었으나 청각으로 듣고 답하는 영역은 언어발달 지체로 인한 이해력 부족으로 대답을 잘하지 못해서 장애아와 비장애아의 경계선으로 나왔다고 하네요.

언어치료와 학습치료를 각각 주 2회씩 받는 것이 좋겠다는 권유를 받았습니다. 그 외에 청력에 이상이 있지는 않은가 해서 종합병원에서 정밀 청력검사를 받았으나 정상이라는 결과를 받았습니다.

지난 3개월 동안 저를 힘들게 했던 것은 두 가지였습니다. 하나는 임신부터 시작해서 지금까지의 양육과정에서 무엇이 민준이의 언어발달을 지체되게 하였는지 원인을 찾는 것이었습니다. 여러 사람으로부터 반복해서 임신 때 무슨 일이 없었는지, 초기 양육자(동네 아주머니)가 이상한 사람은 아니었는지, 부모의 양육 태도에 문제는 없는지 등과 같은 질문을 받으면서 그간 한 번도 의심해 보지 않았던 과거의 일들을 되새겨보는 과정은 참으로 마음을 착잡하게 하더군요.

다른 하나는 지금까지는 민준이 그 자체로 편안하게 볼 수 있었다면 이제는 자꾸만 다른 아이와 비교하면서 동시에 걱정과 염려의 시선으로 아이를 보게 되는 것이었어요. 이것이 심해지면 무언가를 자꾸 민준이에게 가르치려 들게 되고, 아이가 그걸 잘 따라하지 않을 때 속상해서 화를 내는 악순환이 반복되더군요. 제가 근무했던 상담소에서 내담자들에게 가장 많이 해준 충고가 "아직 일어나지 않은 일을 앞당겨 걱정하지 말고, 지금 이 순간 해야 할 일에 집중하라"는 것이었는데, 제가 똑같은 실수를 저지르고 있더군요. 일어나지 않은 온갖 일들을 이미 일어난 것처럼 앞당겨 고민하면서 온갖 오해와 감정들 속에서 헤매고 있는 저를 보았습니다. 민준이의 지금 상태를 있는 그대로 받아들이면서 지금 이 순간 해야 할 일들을 열심히 하기로 마음먹었습니다. 그게 저나 남편에게도, 민준이에게도 도움이 되지 않는다는 것을 깨닫고 나니 이 문제 자체가 훨씬 가볍게 다가옵니다.

전혀 예상하지 않았던 이런 상황을 겪어보니 여러 가지로 많은 생각을 하게 됩니다. 그동안 아이의 양육과 관련해서 어떠한 결정을 할 때 아이를 중심에 두지 않고 나를 중심에 두고 있었다는 사실도 새롭게 깨닫게 되었습니다.

조합원들이 어떻게 도와주면 좋을지 알려달라는 부탁들이 있었습니다. 민준이가 산들에서 떼가 심하고, 친구들 물건을 무조건 탐낼 때가 많아서 처음에는 그런 상황에 처하면 절대로 양보해주지 말라는 부탁을 해야겠다는 생각한 적도 있었습니다. 그런데 최근 시작하게 된 놀이치료 선생님 이야기를 들어보니 민준이가 요즘 욕구는 있는데 의사 전달은 잘 안 되니 떼를 많이 쓰게 되고, 그로 인해 마음에 상처도 받고 스트레스도 심각하게 받고 있다고 하네요. 그래서 저는 요즘 때에 따라 적절하게 요구를 들어주기도 하고 단호하게 안 된다고 이야기하기도 합니다. 민준이의 상태를 잘 보고 그때그때 판단해야 되는 일이라 일괄적으로 어떤 부탁을 드리기는 어려운 거 같습니다.

언어자극과 관련해서도 말을 걸어주는 것 자체는 좋겠지만 갑자기 많은 사람들이 대답을 강요하거나 정확한 발음을 요구하는 것은 아이에게 굉장한 스트레스가 될 수 있을 거 같습니다. 특별히 다르게 뭔가를 하려고 하기보다는 그냥 지금 하던 대로 해주시면 좋겠습니다.

아이들은 믿는 만큼 자란다는 말이 있습니다. 민준이의 현재가 어떠하든 아이의 미래는 너무나 다양한 가능성을 가지고 있다는 생각이 듭니다. 민준이의 미래가 밝고, 희망적일 거라는 주변 사람들의 믿음들이 확고하고 또 커질 때, 민준이에게도 그 믿음들이 전해져 스스로 힘을 발휘할 거라 여겨집니다. 무겁게 걱정하고 염려하는 마음에서 벗어나 민준이의 성장 속에서 겪는 하나의 과정으로 생각해주시면 감사하겠습니다.

요즘 저는 설령 아이의 이해력이 지금보다 더 좋아지지 않는다고 해도 비관적으로 생각할 이유가 없다고 여깁니다. 민준이가 잘하는 영역, 좋아하는 영역을 잘 찾을 수만 있다면 훗날 아이가 행복하게 사는 데 문제가 되지는 않으리라 싶습니다. 학교에 갔을 때 학습 태도를 걱정하는 분들도 있지만 공교육이 아니라면 대안학교, 대안학교가 아니라면 홈스쿨링*이라도 하면 되지라는 생각이 듭니다.

최근에 많이 흥얼거리게 되는 노래가 있습니다.

**민준이는 사랑받기 위해 태어난 사람,**

**민준이의 삶 속에서 그 사랑 받고 있지요.**

---

\* 이때는 진짜로 내가 홈스쿨링을 하게 될 줄은 몰랐다. 그 시절에 내가 홈스쿨링이라는 단어를 언급했다는 사실을 까먹었다가 이 글을 다시 보면서 마치 예언이라도 한 것 같아 몹시 놀랐다.

민준이가 이 세상에 존재함으로 인해

우리에게 얼마나 큰 기쁨이 되는지

민준이의 존재만으로도 제게 기쁨이 됨을 다시금 기억해봅니다. 정말 민준이에게 주어야 할 것은 사랑과 믿음이라는 사실을 되새겨봅니다. 산들 식구들께서도 변함없는 사랑과 믿음을 보내주시길 부탁드립니다.

[2005년 5월, 민준이는 산들어린이집을 그만 다니게 되었다.]

## 새로운 어린이집에 다니고 있어요

작성일: 2005.06.27.(민준 만4세 4개월)

집에서 심심해하지 않고 잘 지내던 민준이는 최근 또래 아이들과 무지 놀고 싶어 하는 모습을 보여 궁여지책으로 근처 일반 어린이집 반일제에 보내고 있습니다. 여러모로 산들이 좋긴 하지만 현재는 자기 수준에 맞는 활동과 규율들을 배우는 게 시급한 민준이에게 나들이만 다녀오는 산들의 반일제보다는 일반 어린이집이 더 도움이 될 거 같아 내린 결정입니다.

5세 아이들과는 아직 수준 맞추기가 어렵겠고, 4세 정도면 괜찮을 듯싶어 일부러 4세반에 넣었습니다. 며칠 잘 가다 또 안 간다고 하다 요즘은 또 잘 다니고 있네요.

## 아쉬운 결정의 이유

작성일: 2005.12.05.(민준 5세)

산들로 복귀하지 않겠다는 결정을 내리게 된 이유 중 가장 큰 것은 민준이가 산들과 별로 맞지 않는다는 점입니다. 민준이는 불명확한 것, 불확실한 것을 못 견디는 경향이 있습니다. 익숙하던 것에서 갑자기 상황이 바뀌거나 예상과 다른 상황이 펼쳐지면 굉장히 당황해하면서 자신이 원하는 것을 고집하곤 합니다.

지난 1년 사이 많이 좋아지긴 했지만 그래도 아직 남아있는 부분입니다. 놀이에 있어서도 어떤 모델 없이 하고 싶은 대로 하라고 하면 쉽게 흥미를 잃어버리고 집중을 못 합니다. 퍼즐이나 끼우기, 똑같이 만들기 등은 잘하는데 비해 자유롭게 뭔가를 만드는 블록 등은 좋아하질 않습니다.

그런 의미에서 열린 교육을 지향하며 창의성을 키우는 놀잇감을 선호하는 산들은 민준이에게 그다지 좋은 공간이라고 하기가 어렵습니다. 이런저런 여러 가지 고민 끝에 내린 저희들의 결정을 존중해주시길 부탁드립니다.

## 음악치료를 시작했어요

작성일: 2006.02.13.(민준 6세)

민준이는 1월부터 음악치료를 시작했습니다. 워낙 노래를 좋아하는 아이이고 음악과 함께하는 활동들이다 보니 다른 치료보다 좀더 적극적인 모습을 보이고 집중도 잘하는 듯합니다. 내심 흐뭇해

하고 있었는데 세 번째 간 날 음악치료 선생님이 자폐 성향이 보인다고 조심스럽게 이야기하셔서 화들짝 놀랐더랍니다.

저는 아스퍼거 증후군도 의심을 했었는데 최근 발달 검사를 받기 위해 찾아간 개인병원의 소아정신과 의사는 민준이가 애교를 잘 부린다며 제가 의심하는 그것과는 거리가 멀다는 이야기를 들려주시더군요.

민준이의 장애의 원인이 뭘까. 직장맘, 초보엄마로서 아이 키우느라 정신없었던, 그래서 잘 기억도 안 나는 민준이의 어렸을 때 모습들을 떠올려 보았더랍니다. 여러 날 집중해서 생각하고 또 생각해 보니 나름대로 종합이 되기도 합니다. 궁금해하는 분들도 계시니 진단받은 검사 결과가 몇 주 뒤에 나오면 다시 글 올리겠습니다.

음악치료에서 상호작용을 높이는 활동들을 많이 하는데 그 효과를 보는 탓인지 최근 들어 집에서는 민준이의 상호작용이 늘었습니다. 하지만 아직도 쑥스러워하는 마음 때문에 산들에 놀러갔을 때는 여전히 뒤로 숨거나 하는 모습이 많이 보이더군요.

동네 어린이집을 12월까지만 다니고 1, 2월은 저하고 준하하고 그냥 집에서 지냈습니다. 그 시기는 방학이라 저도 강의가 거의 없어서 집에서 시간을 함께 보내면서 기본 생활습관도 들이고 이런저런 놀이도 했었답니다. 초반에는 좀 힘들었는데 지금은 저도 많이 익숙해졌습니다. 두 아이 데리고 여기저기 나들이도 다니고, 놀아주기도 하면서 민준이가 많이 안정된 모습을 보입니다. 오히려 하루 종일 민준이와 함께 지내다보니 준하가 상대적으로 스트레스를 받는 거 같아 요즘 준하에게도 마음을 쓰고 있는 중입니다.

# 민준이 검사 결과

작성일: 2006.02.28.(민준 6세)

민준이 검사 결과가 나왔습니다. 제가 잠깐 의심하기도 했던 선천적인 문제는 아니고, 단순 발달지연*이라고 합니다. 언어발달을 비롯해서 전반적으로 1년 6개월 정도 발달이 지연되어 있다고 하네요. 재작년 가을에 받았던 검사 결과와 같은 내용입니다.

의사는 또래와의 차이를 줄이지는 못했지만 다른 아이들만큼 민준이도 발달하고 있다는 증거이니 긍정적으로 봐야 한다고 이야기해주었습니다. 다만 그 차이를 줄이기 위해 지금부터 좀 더 적극적으로 치료를 해야 한다는 이야기도 들려주었고요.

언어 검사, 발달 검사의 보고서를 보면 두 검사자 모두 민준이가 현재 집중을 잘 못하고, 맞고 틀리는 것에 너무 민감하며, 좌절감이 들면 쉽게 포기하기 때문에 잠재력보다 낮게 평가되었을 가능성이 있다는 이야기를 적고 있습니다. 또래에 비해 불안감이 많고, 자존감이 낮고, 자신감이 없다는 이야기도 들었습니다.

검사 결과는 지난 1년간 저희 부부가 관찰했던 것과 거의 일치합니다. 그나마 다행인 것은 엄마와의 애착 관계가 좋고, 엄마가 아이의 요구를 민감하게 읽고 적절하게 대응을 잘하는 편이라고 의사에게 칭찬을 받았습니다. 검사 당일 엄마와 아이가 함께 놀고 있는 모습을 검사자가 모니터링하는 시간이 있었는데 그날따라 놀이가 매끄럽게 진행되었거든요.

---

* 이때만 해도 나는 큰아이가 자폐성 장애라고 생각하지 않았고, 병원에서도 선천적인 장애가 아니라 발달지연이라고 가볍게 말을 했다.

민준이가 선천적인 문제가 아니라면 어디서부터 어떻게 문제가 생겼을까? 요즘 산들에 있으면서 썼던 날적이들을 처음부터 쭉 읽고 있습니다. 오래전 일이라 잊고 있던 아이의 어릴 적 모습들이 너무나 상세하게 적혀 있어서 큰 도움이 되네요.

민준이에 대한 걱정을 많이 하다 보니 다른 아이들보다 느렸던 것만 기억나곤 했는데 막상 2살 때의 날적이를 보니 지금의 준하와 다름없이 너무나 이뻤던 아이의 모습이 차츰 기억나기 시작합니다. 오래 눈 맞춤도 하고, 말을 못 했음에도 설명하면 알아듣고 포기하거나 양보하기도 하고, 집중력 있게 무언가를 하는 모습도 보이고, 지금은 전혀 그림을 그리지 않아 너무 속상한 데 비해 그때 날적이 여기저기에 마구 낙서해놓은 것도 보게 됩니다.

신체적으로는 코와 귀에 문제가 있었던 건 확실한 거 같습니다. 날적이 내내 심한 코골이 이야기가 있고 누런 콧물을 달고 살았던 것이 보입니다. 작년 가을에 절제 수술을 받으면서 알게 된 것인데 민준이는 태어날 때부터 편도와 아데노이드가 비대해서 호흡이 불편한 경우인지라 좋은 이비인후과를 선택해서 지속적인 관리를 해줘야 한다고 하더군요. 바쁜 일상 중에 그런 면을 잘 챙기지 못했던 것은 부모로서 책임이 큽니다.

두 돌 전후로 중얼중얼 말이 너무 많아져서 곧 말문이 트이겠다는 이야기가 자주 등장하는데 그 이후로 폭발적인 발전이 없었던 것도 날적이를 통해 보이네요. 세 돌 전후로 언어치료를 시작했더라면 하는 아쉬움이 남습니다.

민준이에게 문제가 있다는 이야기를 들을 때부터 남편과 저는 언어적인 문제 외에 정서적인 문제가 있다는 생각을 했었습니다. 그

래서 정서적으로 안정만 되면 빨리 좋아지겠지 했는데 생각만큼
그 속도가 빠르지 않아 좌절하는 면도 있었고, 혹시 정말 선천적
인 문제가 있는데 우리가 무시하는 것은 아닌가 하는 생각이 들
어 이번에 다시 발달 검사를 받게 되었습니다.

선천적인 문제는 아니라고 하니, 환경을 바꾸어주어야 하는 정서
적인 문제가 생각보다 심각했던 것 같습니다. 불안이 심해서 자신
의 감정에 직면하는 것을 회피하고 그러다 보니 감정이 풀리지 않
고 쌓이기만 합니다. 상호작용 자체를 거부하는 민준이를 느끼면
서 앞으로의 대책을 목하 고민 중에 있습니다.

하원이나 행사 때 꾸준히 들르겠습니다. 지난 토요일 졸업식 날
꽤 밤늦게까지 있었음에도 불구하고 집에 가자고 하니 "다음에
또 오자"고 하는 걸 보니 나름대로 재미가 있었나 봅니다. 머뭇거
리긴 해도 산들 식구들에게 쑥스러운 인사를 하기 시작하는 민준
이의 모습을 보게 되어 참 좋았습니다.

올 한 해는 민준이의 치료에 전력투구해 볼 생각입니다. 아이를
함께 키운다는 것이 어떤 것인지 요즘에서야 절실히 느낍니다. 민
준이에 대해 계속 함께 염려하고 생각해주시는 모든 분들께 감사
드립니다.

[아이의 장애의 원인에 대해서는 아직도 명확하지 않다. 어렸을
때는 지적 장애로 진단을 받았는데 이후에 아이의 자폐 성향을
더 뚜렷하게 느끼게 되면서 자폐성 장애가 맞다는 생각을 하게 되
었다. 결국 초등 5학년때 했던 검사에서는 자폐성 장애로 진단을
받았다. 전형적인 자폐성 장애의 아이들하고는 차이가 나는 부분

들이 있기도 하다. 발달상의 부분에서도 그런 면들이 보이는 것을 감안하고 보셨으면 좋겠다.]

## 감사한 일들이 너무 많습니다

작성일: 2007.02.23.(민준 7세)

오랜만에 들어와서 게시판 글들을 보니 달라진 분위기가 느껴집니다. 아이들 문제로 고민하는 부모님들께 제 글이 위로가 되었으면 합니다.

민준이 치료를 시작한 지 만 2년이 훌쩍 지났습니다. 물론 아직도 치료는 계속되고 있고, 문제들이 남아있지만 끝이 보이지 않던 캄캄한 터널에 멀리 끝을 알리는 햇빛들이 살짝 들어오고 있음을 요즘에는 느끼고 있습니다.

그저께 민형이 엄마랑 민형이랑 같이 기차박물관 갔다 돌아오는 길. 민형이 엄마 손을 잡고 오면서 무지 기분 좋았는데, 그렇게 집 앞까지 가는 줄 알았다가 갈림길에서 이제 민형이 엄마랑 헤어져야 한다고 하니 민준이가 엄청 울었지요. 20킬로가 넘는 아이를 달래느라 안고 한참을 길거리에 서 있었는데 막판에 민준이가 한마디 던집니다.

"엄마, 미안해요."

기껏 떼를 쓰고 보니 저도 미안했던 모양입니다. 미안할 때 미안하다는 말을 하기가 얼마나 어려운가요. 자신의 감정을 읽지조차 못했던 아이가 그래서 아스퍼거가 아닌가 의심하기도 했었는데 미안한 감정을 느끼고, 또 그 마음을 있는 그대로 쑥스럽지만 전달할 수 있게 된 것이 너무 감사해서 혼자 중얼거렸습니다.

"감사합니다, 감사합니다."

치료를 권유받을 당시부터 올해 초까지만 해도 민준이는 다른 사람의 것을 무조건 탐내고 뺏는 행동이 있었습니다. 친구나 어른의 것은 차츰 덜해졌지만 가장 만만한 준하한테는 그 행동이 무척 심했습니다. 한창일 때는 준하가 무엇을 잡든 멀리서부터 바람같이 달려와 뺏고, 때리고 했더랍니다.

어제 저녁 준하가 실로폰을 띵똥땡똥 연주하며 노래를 부르고 있는데 그 앞에 민준이가 앉아 같이 노래를 부릅니다. 그 노래가 끝나자 민준이가 다른 노래를 시작하고, 준하가 또 같이 부르고, 그런 식으로 계속 노래 메들리가 이어집니다.

설거지를 하다 슬쩍 뒤를 돌아보는데 민준이는 준하의 실로폰을 탐내는 기색이 전혀 없고, 두 녀석이 주거니 받거니 하면서 함께 노래를 부르는 것이 너무 예쁘고 또 예뻐서 감격스러웠습니다.

또 혼잣말로 중얼거렸습니다.

"감사합니다, 감사합니다."

어제 『지선아, 사랑해』라는 책을 읽었습니다. 몇 년 전에 방송과 인터넷을 통해 알게 되었는데 이제야 읽게 된 거였지요. 지하철에서 읽으면서 얼마나 울었는지 옆자리 사람들이 자꾸 쳐다보더군요. 사고를 당하고 나니 눈을 감을 수 있게 하는 눈꺼풀 하나가, 제때 땀이 나게 도와주는 피부의 땀구멍 하나가, 빗물이 귀로 들어가지 않도록 하는 귓바퀴 하나가 너무 소중한 걸 알 수 있었다는 지선님의 글에 공감이 갔습니다.

저 역시 평범하지 않은 일들을 겪으면서, 평범하지 않게 아이를 키우다보니 그동안 아무렇지 않게 생각했던 작은 것들이 얼마나 소중하고 감사한 일인지 깨닫습니다. 그리고 그간 힘들었던 모든 일들이 이렇게 소중하고 감사한 것들을 모른 채 바삐 사는 저를 위해 앞으로는 작은 일에 감사하며 행복하게 살라고 하나님이 주신 큰 선물이었음을 가슴 깊이 느낍니다.

아이가 못하는 것보다는 어제는 못했지만 오늘은 하는 것에 집중하고, 어제보다 조금이라도 나아진 것을 칭찬하고 격려하고 또 감사하면서 하루하루 지내다보면 어느새 훌쩍 커버린 아이를 만나게 될 거 같습니다. 내 아이의 부족함을 느끼게 되신 분들, 용기 내어 치료를 시작하신 분들, 작은 것에 감사하며 일상에서 행복을 느낄 수 있는 큰 선물을 받으셨음에 진심으로 축하드립니다.

이제는 감사할 일들만 남았습니다.

## 참 행복했던 등산

작성일: 2007.05.31.(민준 7세)

어제 남편이 교육 갔다가 일찍 퇴근했길래 함께 나가서 자전거도 타고 밖에서 저녁을 먹고 오기로 했습니다. 저는 한의원에 들렀다 아차산 놀이터에 늦게 도착했더니 아빠랑 민준이가 신경전 중이었어요. 그러다 제가 오니 민준이가 저한테 안겨 뭐 때문에 기분이 나빠졌는지는 이야기하지 않고, 자기가 먹고 싶은 과자, 라면 등 간식들만 쭉 늘어놓다가 결국엔 저희가 제시한 동태찌개 식당에 가기로 동의를 했어요. 그런데 식당에 가자고 일어서니 갑자기 식당 가는 길이 이쪽이라며 아차산 등산로를 가리키는 거였어요. 이런 경우가 종종 있었는데 매번 말로 설득하다 보면 민준이는 화를 내고, 저희도 화가 폭발하곤 했었지요.

어제는 원하는 걸 일단은 들어주자 싶어서 "그래, 그쪽 길로 한번 가보자."하고 민준이를 앞장세워 갔지요. 그렇게 시작한 것이 1시간 이상의 등산으로 이어질 줄 미리 알았더라면 절대 가지 않았을 겁니다. 민준이는 신이 나서 "이쪽이야, 이쪽이야." 하면서 자꾸 산으로 올라가고, 날은 점점 어두워지고, 두고 온 자전거도 잃어버릴까 걱정되고, 이제 36개월인 준하가 따라오다 못해 지칠까 마음도 쓰였지만 일단 시작했으니 끝까지 가보자 싶었어요.

결국 1시간 정도 길 안내자 역할을 으스대며 한 끝에야 민준이는 자신이 안다던 동태찌개 식당을 포기하고, 아빠가 알고 있는 동태찌개 식당으로 가겠다며 아빠에게 길 안내자 역할을 넘겨주었어요.

올라가면서 중간중간 아이의 마음을 돌리기 위해 나름 여러 가지 방법을 썼어요. 갈림길에서 "어디로 갈까?" 고민할 때 슬쩍 내려가는 길을 가리키며 "이쪽 길 아니야?"묻기도 했고, 표지판 같은 게 나타났을 때 "어어, 여기가 동태찌개 식당인가 봐."하고 호들갑도 떨어보고, "동태찌개 식당이 이사 간 건 아닐까?" 물어도 보고 했어요.

엄마가 유도할 때 자연스럽게 따라와주면 좋을 텐데 오히려 그럴 때마다 더 자신의 주장을 내세우는 걸 보며 민준이가 자존심이 얼마나 센 아이인지를 생각해보게 되었습니다. 이런 아이를 그동안 "잘 모를 거다"라고 지레짐작하거나, "니가 말하는 거 틀렸다"라고 반응한 적이 많았으니 아이가 얼마나 힘이 들었을까요.

민준이가 얼마나 자신이 의견을 내고 그것을 수용받고 싶어 했는지를 느끼며 누구든 사람은 자신의 요구가 먼저 받아들여질 때 다른 사람의 의견도 존중할 수 있게 된다는 평범한 진리를 다시 한번 새겨보게 되었습니다.

어른이 보기에는 말이 안 되는 것 같지만 아이는 정말 맞다고 생각하는 것이나 정말로 아이가 원하는 것은 들어주지 않으면서 어른의 뜻대로만 움직이려고 하니 아이가 어른의 말을 듣거나 상황을 배려해 줄 마음이 생길 리가 없겠지요.

민준이가 어렸을 때를 돌아보면 맞벌이로 피곤하고 힘들어서 아이의 요구를 제대로 읽고 들어주기보다는 어른들의 계획에 따라 아이를 끌고 다녔던 것 같습니다. 말도 잘 못하던 서너 살 시절, 하원 때마다 아차산 생태공원 쪽으로 손을 잡아끌던 아이의 요구를 한 번도 들어주지 않았던 것도 기억나면서 마음이 짠해졌습니다.

등산 내내 각자 스스로에게 자신이 붙이고 싶은 이름 '문어, 자라, 몰라, 구름빵, 떡갈나무, 아빠라고 해, 아이고 힘들어' 등을 만들고, 서로를 그렇게 불러가며 놀이하듯 산을 올랐더니 아이들 모두 힘든 줄도 모르고 신나 하더군요. 온통 주위가 깜깜해진 9시에야 산을 내려와 저녁을 먹을 수 있었지만 참 행복한 등산이었습니다.

# 민준, 준하네 생존신고 합니다

작성일: 2008.07.02.(민준 8세)

안녕하세요. 2월에 이사하고 여러모로 일이 많았던 3, 4월이 가고 5월 이후로 조금 안정을 되찾았나 봐요. 카페에 들어올 새가 도통 없었는데 오랜만에 들어와서 다른 사람들 글을 보니 정말 반갑네요.

민준이는 집 근처 학교에 입학했다가 일주일 만에 그만두고 5월부터 병설유치원에 다니고 있어요. 학교라는 곳이 민준이에게 불안감을 주었던지 많이 힘들어하는 모습을 보였고, 그 모습을 보다 못해 어렵게 결정을 내렸는데 지금은 유치원에 잘 적응하고 있어 잘한 선택이라는 생각을 합니다.

저는 오전에 아이들 유치원 보내놓고 3시간 정도 제 시간이 있는데 그 시간 동안 숨을 돌리네요. 준하도 유치원에 아주 신나게 잘 다니고 있고요. 민준 아빠는 직장이 좀 멀어져서 출퇴근길이 고생이긴 하지만 집이 맘에 들어 그럭저럭 감수할 만하다고 하네요.

제가 일 그만둔 지 꼭 일 년이 되네요. 아이들, 남편하고 부대끼면서 힘든 것도 많았지만 전에는 그냥 눈감아버리고, 모른 척하고, 또 정말 모르기도 했던 것들을 새록새록 느끼고 알고 깨달으면서 전보다 많이 행복해졌다는 생각을 합니다.

## 모꼬지 같이 가요

작성일: 2009.08.02.(민준 9세, 초등1학년)

8월에 졸업생 모꼬지가 있다는 문자메시지를 받고 올해는 꼭 가야지 했어요. 다들 안녕하시죠?

민준이는 저희 집 바로 앞에 있는 초등학교 1학년에 잘 다니고 있어요. 3월에는 많이 어리바리했는데 4, 5월 지나면서 적응이 되고, 6월부터는 완전 달라져서 아주 잘 지낸다고 담임선생님이 말씀하세요. 친구들하고 이야기 나누는 부분은 아직 어렵지만 일상적인 학교생활에서는 문제가 없어서 요즘은 저도 마음을 한시름 놓았답니다. 준하는 6살이고, 유치원에 다니고 있어요. 샘도 많고 하고 싶은 것도 많은 욕심꾸러기예요.

민준 아빠는 여전히 회사 잘 다니고 있고, 저는 모든 일을 접고 아이들 뒷바라지만 하고 있고요. 그래도 하루가 짧고, 해야 할 일들은 너무 많네요.

산들 졸업생 회장님께서 작년에 모꼬지 같이 가자고 전화 왔었는데 쌩하게 거절한 거 이제라도 사과드려요. 작년 그 맘때가 여러모로 아주 최악이었거든요. 올해는 꼭 갈게요.

민준, 준하네가 모꼬지 간다는 소식 널리 알려주세요.

# 사춘기 소년 민준

[*페이스북. 2014~2018]

## 부모의 도 닦기

작성일: 2014.3.23.(민준 14세, 준하 11세)

주일 오후, 오랜만에 가족 나들이로 민속촌에 왔다. 주차장까지 어렵게 왔는데 갑자기 민준이 기분이 확 상해서 차에서 안 내리겠단다. 집에 돌아가려니 간만의 나들이에 기분이 고조되었던 준하는 입이 쭉 나와 있고, 아무리 꼬셔도 민준이의 기분은 풀릴 줄을 모르고. 홈스쿨링을 하다 보니 평소에 엄마와 많은 시간을 보내는 준하는 아빠와 체험학습 가기를 원해서 결국 남편과 준하를 민속촌에 들여보내고, 민준이와 나는 차에 남았다.

3시간 가까이 되어 가는데 두 사람은 오지를 않고, 슬슬 배가 고파오기 시작했다. 민준이는 코를 골며 한참 자다 깨서는 언제 그랬냐는 듯 지금은 아주 얌전하다. 갑작스런 기분의 변화가 사춘기 호르몬 때문인지 잘 모르겠다. 사춘기 때는 최소 3년은 부모가 도를 닦으며 기다려줘야 한다는데…….

주님께서 매 순간 지혜 주시길.

## 작은 일에 감사하기

작성일: 2014.10.11.(민준 14세)

힘든 상황 속에서도 감사할 일들을 자꾸 찾아내고 그것을 나눌 때 남편은 아주 신기해하며 나에게 말하곤 했다.

"이런 순간에 어떻게 그런 생각이 나?"

남편은 아마 몰랐을 것이다. 그것이 나의 필사적인 생존전략이라는 것을. 큰 변화나 열매를 기대할 수 없는 아이와 24시간을 보내면서 내가 살려면, 숨을 쉬려면 작은 감사거리라도 찾고 또 찾을 수밖에 없었다.

그런 나를 너무나 신기해하던 남편이 어제 부부데이트를 하면서 고백했다. 이제는 자신도 작은 것에 감사할 수 있게 되었노라고, 그것이 쌓여서 얼마나 큰 힘을 발휘하는지 알게 되었다고 말이다. 지고 싶지 않은 십자가였던 민준이가 얼마나 큰 하나님의 선물이며 축복인지, 이 아이를 통해 우리가 얻게 된 귀한 것들이 얼마나 많은지를 남편과 함께 나누면서 감사하고 또 감사했다.

## 기적이 일어났다

작성일: 2014.10.13.(민준 14세)

하루 일과를 마치고 복지관에서 미장원으로 가는 길에 민준이가 말했다.

"미장원에서 머리 자르고 포카리스웨트 먹을 거예요."

나는 속으로 긴장했다. 웬 포카리스웨트? 사달라고 길에서 떼를 쓸려나??

"포카리스웨트? 그게 어디 있는데?"

"민준이 가방에 있어요."

"그래? 누가 사 주셨어?"

"여자 선생님이 롯데마트999에서 샀어요."

"여자 선생님? 누구?"

"방과후센터 여자 선생님이요."

이렇게 민준이와 대화다운 대화를 할 수 있다니, 누군가에게 물어 보지 않고도 민준이의 가방에 포카리스웨트가 들어 있는 이유를 알 수 있다니 참으로 감사했다.

매일 유치원에서 하원하는 아이를 붙들고 "오늘 점심 뭐 먹었어?" 물으면 매일 똑같이 "김치"라고만 했는데 기적이 일어났다. 그때 나는 이 아이와 언제쯤이면 제대로 된 대화를 나눌 수 있을까, 과 연 가능하기는 할까 암담했더랬다. 앞으로 더 깊은 대화가 이루어 지려면 얼마나 더 많은 시간이 걸릴지 알 수 없지만, 아니 어쩌면 여기까지가 끝일지도 모르지만 이것만으로도 정말 감사하고 또 감사하다.

더불어 나는 또 기대하고 소망한다. 지금까지 그랬던 것처럼 앞으 로도 주님께서 이 아이와 동행하며 일하시기를, 인간의 생각으로 는 예측할 수 없는 주님의 방법으로 귀하고 놀라운 일들을 우리 앞에 펼쳐 보여주시기를.

# 고집 부려봐야 별 볼 일 없어

작성일: 2015.3.14.(민준 15세)

내가 좋아하는 울 동네 도서관에서 혼자 책을 읽었다. 준하는 아빠랑 운동모임에 가고, 원래 민준이는 복지관 토요프로그램에 가기로 했는데 아침에 갑자기 고집을 피우며 안 간다고 하는 거였다. 민준이를 보내고 도서관에 오려던 계획을 바꾸지 않고 나는 그대로 진행했다.

"그럼 너는 집에 있어라."

하루 종일 누워있겠거니 하면서도 "엄마 도서관 가니 이 책들도 좀 읽고, 퍼즐 맞추기도 하고, 피아노도 치면서 너 하고 싶은 거 해."라고 말하고 나왔다.

지난 2주 동안 아침마다 안 일어나고 실실 쪼개면서 말을 안 듣는 민준이와 씨름했다. 학교에서도 이런저런 말썽을 피웠다는 이야기를 들으며 하루에도 열두 번씩 마음이 요동을 쳤다.

불안했다가 억울했다가 속상했다가……

오늘 아침에도 갑작스런 반전에 속이 상했지만 곧 마음을 고쳐먹고 도서관에 오니 그 시간이 달콤하고 귀하다. 아이를 혼자 두고 나오고도 평안할 수 있는 내 마음도 신기했다. 집에 돌아가서 만난 민준이의 얼굴에서 뒤늦게 복지관에 가지 않은 걸 후회하는 듯한 표정을 보았다. 몇 번 더 반복하면 곧 배울 것 같다. 고집 부려봐야 별 볼 일 없다는 걸. 그냥 이렇게 여유 있는 시선으로 아이를 쭉 바라볼 수 있게 되기를 바라본다.

## 부부데이트

작성일: 2015.7.26.(민준 15세, 준하 12세)

내 삶에 이벤트가 필요하다고, 남편에게 신경 좀 써달라고 부탁했다. 맨날 나보고 '가고 싶은 곳 말하라'고 하지 말고 스스로 맛집을 찾아서 가자고도 해보라고 요구했다. 그랬더니 부지런히 품을 팔아 호주식 월남쌈을 하는 곳이라며, 다이어트에 좋은 거까지 고려해서 고른 식당이라며 가자고 했다. 후식으로는 이 지역 사람들은 다 안다는 유명한 커피집을 처음으로 가 봤다. 분위기도 좋고 커피 맛도 훌륭했다.

이래저래 속상할 때가 많지만 그래도 둘만 나와서 부부데이트를 할 수 있을 만큼 민준이가 안정된 것도 감사하고, 함께 라면 끓여 먹고 몇 시간이라도 형이랑 둘만 있는 것을 불편해하지 않는 준하의 성장도 참 감사하다.

## 사춘기도 지나간다

작성일: 2015.8.28.(민준 15세)

민준이의 사춘기는 열세 살 가을께부터 온갖 거부와 움직이기 싫어하는 모습으로 찾아왔다. 집중하는 시간은 짧아도 어딘가를 가는 거 자체는 좋아했던 녀석이었는데 이 시기부터는 도통 집 밖을 나가려고 하지 않았다. 슈퍼도 싫고, 산책도 싫고, 탁구나 배드민턴은 더 싫고, 온종일 방에 드러누워 자고, 그냥 누워있곤 했다. 사춘기 아들을 감당하지 못해 나는 당황했고, 오랜만에 사설기관을 찾아 상담을 받기도 했다. 6개월의 상담과 부모교육 끝에 배운 건 '아이를 있는 그대로 사랑하기, 욕심을 내려놓기, 무엇이든 천천히 진행하기' 등이었다.

나와 남편의 태도가 달라져서인지 민준이도 달라진 모습을 조금씩 보이기 시작했다. 그중 하나가 40분 거리의 지역교회 카페까지 산책을 함께하는 것이었다. 팥빙수로 꼬시긴 했지만 여기에 넘어가주는 민준이가 많이 낯설고 신기했다.

두 아들과 팥빙수를 먹고 역시 걸어서 돌아오는 길, CD로 너무 많이 들어서 절로 가사를 외워 버린 복음성가들을 아이들과 함께 불렀다. 행복하고 또 감사했다. 어려움 속에서도 아이는 자라고 또 변화하는 모습을 보여준다.

## 제주 여행 아자!!

작성일: 2016.9.18.(민준 16세)

김포에서 제주행 비행기를 기다리는 중. 결혼 10주년 여행 이후 다시 가보지 못한 제주도를, 이번 휴가에 목적지를 갑자기 변경하면서 가게 됐다.

지금도 연신 '엄마'를 불러대는 민준이가 비행기 안에서 얌전하게 있어줄까, 한라산 등반하다 중간에 주저앉지 않을까, 여러 가지로 염려되는 맘이 있지만 모든 염려를 내려놓고 각종 사건, 사고 다 즐겨보기로 마음을 다잡아본다. 즐거운 제주 여행 아자!!

제주공항 도착. 비행기 안에서 생각보다 민준이는 얌전했다.

탑승시간이 늦어지면서 예상보다 기다림이 길어졌고, 아이를 달

래기 위해 비행기에 타면 오렌지 주스를 먹을 수 있다고 말해주었다. 기다리는 내내 민준이는 계속해서 주스를 외쳐댔다. 그런데, 비행기에 타고 보니 저가항공사는 음료 제공을 하지 않는 게 아닌가. 속으로 적잖이 당황했는데 내려서 오렌지 주스를 사주겠다는 나의 제안을 다행히 민준이가 말썽 없이 받아들여주었다!! 돌발 상황에 대처하는 융통성이 많이 는 것이 놀랍고 감사하다.

제주 여행, 출발은 순조롭다.

## 꿀꿀할 땐 아이스크림

작성일: 2016.9.20.(민준 16세)

제주 여행 중. 성산일출봉 아래에서 사진은 멋지게 찍었지만 올라가는 길 초입에서 민준이가 귀를 막고 앉아버렸다. 남편과 준하는 올라가고 나만 민준이를 데리고 내려왔다. 기분도 꿀꿀한데 가게에서 파는 땅콩 아이스크림을 보니 먹고 싶어졌다. 두 개를 사서 차에 와서 폭풍 흡입했다. 비싸긴 한데 맛은 있다. 맛있는 아이스크림을 먹고 나니 나도 민준이도 기분이 좀 나아지는 듯하다.

## 꿈인지 생시인지

작성일: 2017.11.13.(민준 17세, 준하 14세)

을지로에서 커피를 마시며 남편 퇴근을 기다린다. 꿈인지 생시인지 모르겠다. 나에게도 이런 날이 올 줄 몰랐다.

장애아이를 키우다 보면 이동이 가장 큰 어려움이다. 중학생, 고등학생이 되어도 아이 혼자 등하교가 쉽지 않고, 하교 후 활동에도 부모나 보조 선생님의 도움 없이 혼자 다니는 것이 쉽지 않다. 그런데 기대하지 않았던 그 일이 갑자기 일어났다.

핸드폰을 가지고 장애아이의 자율생활을 돕는 연구와 프로그램을 운영하는 선생님을 우연히 알게 된 것이 계기가 되었다. 민준이가 등하교를 혼자 하고, 하교 후 버스를 두 번 갈아타고 방과 후 기관까지 혼자 오가기 시작한 지 한 달이 넘었다. 너무 감사하다.

종로에 있는 본사로 출근하기 시작한 남편이 사무실에서 내려다보이는 청계천에서 등축제를 한다고 했을 때 내가 혼자 종로에 가겠다고 했다. 준하는 알아서 저녁을 챙겨 먹을 수 있고, 민준이는 혼자 집에 올 수 있으니 이런 저녁 데이트도 가능해졌다. 앞으로 우리 삶에 또 어려움과 고난을 주시겠지만 은혜와 소망도 함께 주심을 믿는다.

## 18번째 결혼기념일

작성일: 2017.6.5.(민준 17세, 준하 14세)

남편과 남한산성에 있는 맛집에서 저녁을 먹고 디저트로 팥빙수를 먹으며 18년 동안 서로 참아주며 성장해온 것에 대해 고마워하는 시간을 가졌다. 각자의 단점을 이해하며 누릴 수 있게 되었고, 민준이와 함께하는 우리 가족의 미래를 하나님께서 어떻게 이끌어 가실지 기대하게 된 것에 감사했다.

호텔에서 자고 조식까지 먹고 집에 돌아오니 아들 녀석들의 깜짝 이벤트가 기다리고 있었다. 준하가 형에게 축하카드를 쓰게 하고, 곳곳에 숨겨놓았단다. 풍선 속에 카드를 찾을 수 있는 단서가 있으니 남편과 내가 껴안고 풍선을 터뜨리라고 했다. 쑥스러워 하면서도 우리는 아들들이 준비한 이벤트를 즐겁게 누렸다.

우리가 없는 사이 둘이서 맛있게 떡만둣국도 끓여먹고, 다음 20주년 기념일에는 해외여행*도 다녀오라며 크게 인심을 써준다. 감사하고 행복한 결혼기념일이었다.

## 민준이의 중학교 졸업식

작성일: 2018.1.8.(민준 18세)

민준이가 중학교를 졸업했다. 언제 이렇게 컸나 싶다. 제법 긴 졸업식 내내 의젓하게 앉아있어서 대견했다. 며칠 전에는 냉장고에서 귤을 꺼내먹으라고 했더니 하나 더 꺼내 나에게 건네며 "엄마도 드실래요?" 했다. 졸업식 도중에 갑자기 그 생각이 나서 울었다. 주변 사람들에게 관심이 거의 없던 민준이의 어릴 적 모습을 생각하면 놀라운 발전이다.

고등학교에 가서는 등하교뿐만 아니라 혼자서 할 수 있는 일들이 더욱 많아지기를, 운동도 더욱 열심히 재미를 느끼며 할 수 있기를, 친구들과 더 많이 소통하며 관계 안에서 기쁨을 느껴가기를, 하나님을 더욱 잘 알아가고 믿음도 커지기를, 더욱 아름다운 목소리로 기쁘게 찬양하게 되기를 바라본다.

---

* 분명히 이렇게 말했는데 그다음 해가 되자 준하는 이런 말을 한 기억이 없다고 했다. 그래도 어쨌든 우리는 20주년 기념으로 해외여행을 다녀왔고 준하는 여행 기간 동안 민준이를 잘 보살펴주었다.

# 우리가 이렇게 살 줄이야

자폐청년 민준이네 가족 이야기

발행일 | 2023년 7월 20일

지은이 | 김언정
펴낸이 | 마형민
기  획 | 윤재연
편  집 | 신건희
펴낸곳 | (주)페스트북
주  소 | 경기도 안양시 안양판교로 20
홈페이지 | festbook.co.kr

저작권법에 의해 보호를 받는 저작물이므로 무단 전재와 무단 복제를 금합니다.
ISBN 979-11-6929-308-2 03810
값 17,000원

* (주)페스트북은 '작가중심주의'를 고수합니다. 누구나 인생의 새로운 챕터를 쓰도록 돕습니다. Creative@festbook.co.kr로 자신만의 목소리를 보내주세요.